書下ろし

友よ

便り屋お葉日月抄⑩

今井絵美子

祥伝社文庫

目次

第一章　さらさら荻《おぎ》　7
第二章　冬ざるる　83
第三章　あらたま　157
第四章　友よ　229

千駄木「戸田家鷹匠屋敷」
湯島天神
不忍池
神田明神
神田川
浅草猿若町
浅草寺
寺嶋村
蔵前
本所
両国橋
柳橋
鳶沢町
両国広小路
大川（隅田川）
竪川
小名木川
葭町「山源」
日本橋
北町奉行所
江戸城
八丁堀
永代橋
深川
門前仲町
鉄砲洲
増上寺
北
西
東
南

「友よ」の舞台

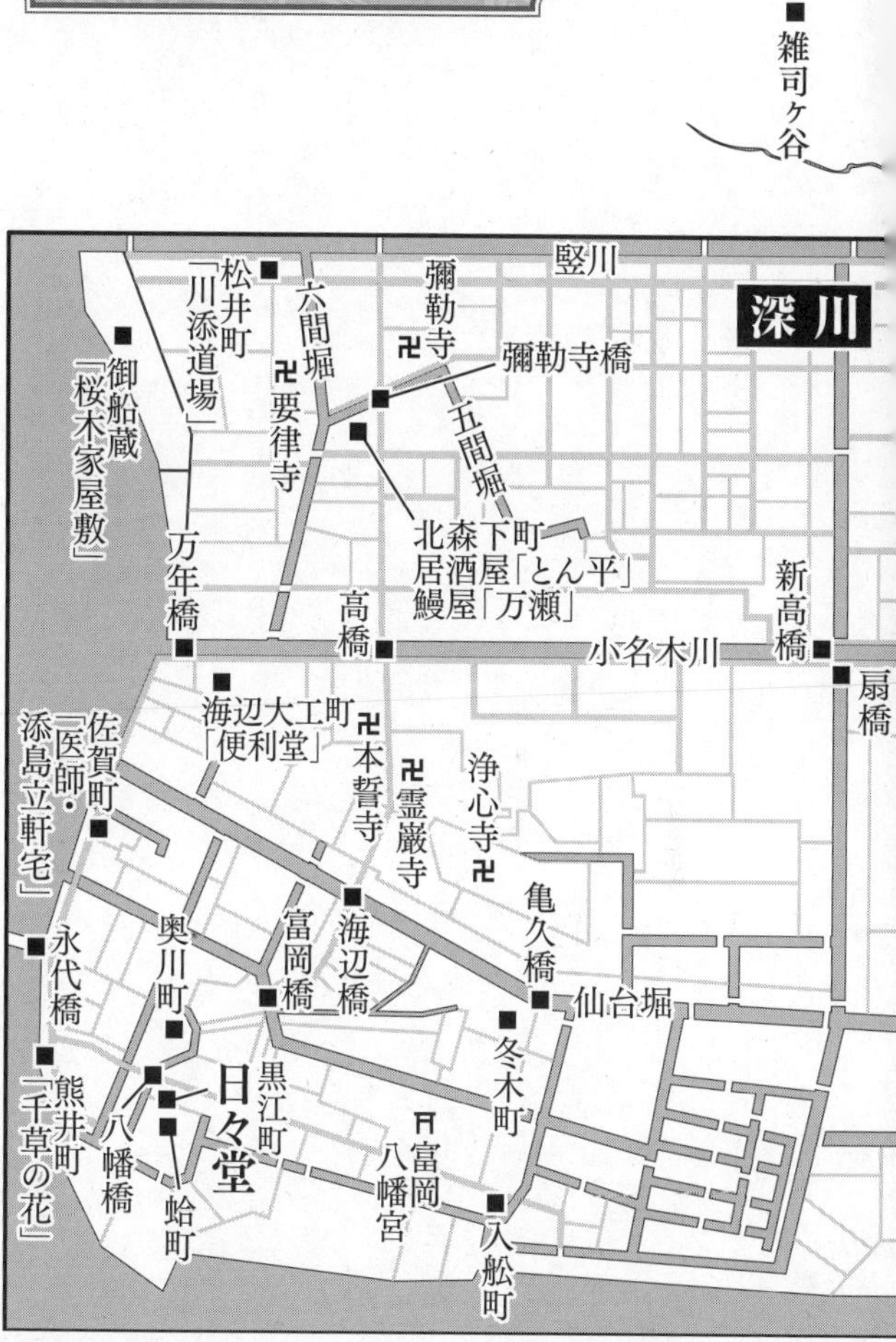
雑司ヶ谷
深川
竪川
松井町「川添道場」
御船蔵「桜木家屋敷」
六間堀
彌勒寺
要律寺
彌勒寺橋
五間堀
北森下町
居酒屋「とん平」
鰻屋「万瀬」
万年橋
高橋
小名木川
新高橋
扇橋
海辺大工町「便利堂」
本誓寺
霊巌寺
浄心寺
佐賀町「医師・添島立軒宅」
亀久橋
仙台堀
海辺橋
富岡橋
奥川町
永代橋
冬木町
熊井町「千草の花」
八幡橋
日々堂
黒江町
富岡八幡宮
蛤町
入船町

地図作成／三潮社

第一章　ささら荻《おぎ》

おちょうが日々堂《にちにちどう》の水口《みずぐち》の戸をそろりと開けると、味噌汁《みそしる》に刻《きざ》み葱《ねぎ》を散らしていたおはまが、きっと鋭い目を向けた。

「おやまっ、やっとお姫さまのお出ましだよ!」

おはまの甲張《かんば》った声に、おちょうが首を竦《すく》める。

「おはよう……」

「何がお早いもんか! もう朝餉《あさげ》の仕度《したく》が済んじまったじゃないか……。おまえねえ、いい加減《かげん》にしなよ! 新居を構えたばかりと思って、少しばかり朝出《あさで》が遅れても大目に見ていたら、ふン、いい気になって! 今日でもう二廻《ふたまわ》り(二週間)だよ。こんなことになるのなら、所帯を持たせても、あのままうちにいさせるんだったよ……。そうしたら、あたしが傍《そば》にいて、絶対に寝忘れたなんてことを言わせやしないんだからさ!」

「ごめんなさい……」

おちょうが鼠鳴《ねずみな》きするような声を出す。

「まったく、謝《あやま》れば済むと思ってんだから！　おまえねえ、これがあたしの娘でなく、友造《ともぞう》の嫁というのでもなかったら、とっくの昔にお払い箱なんだよ！　少しは他の女衆《おなごし》の身になってみな。皆、暇《ひま》を出されちゃ大変だと思い、それこそ、死にものぐるいになって働いてるんだからさ！」

おはまの激昂《げっこう》は一向《いっこう》に収まりそうにもない。

恐らく、今日こそ、ひと言叱責《しっせき》してやらなければ、と手薬煉《てぐすね》を引いて待っていたのであろう。

と言うのも、友造とおちょうが祝言《しゅうげん》を挙《あ》げたのが二廻り前の重陽《ちょうよう》（九月九日）の日のことで、日々堂の茶の間と奥の間の襖《ふすま》を取っ払い皆で祝膳《いわいぜん》を囲《かこ》んだ後、その晩は新枕《にいまくら》ということもあり、二人は早々と新居となる蛤町《はまぐりちょう》の二階家へと帰って行ったのであるが、翌朝、友造は例刻《れいこく》の六ツ半（午前七時頃）に姿を見せたというのに、おちょうが厨《くりや》に顔を出したのは五ツ（午前八時頃）過ぎ……。

おはまはカッと鶏冠《とさか》に来て、一体、今時分まで何をしていたんだよ！　と鳴り立てたが、折悪《おりあ》しくたまたま厨に居合わせた正蔵《しょうぞう》が、まあ、今朝《けさ》くれェ大目に見てやんな、昨日の今日だ、おちょうもまだ新妻《にいづま》という立場に慣《な》れてねえんだろうからよ、と助け船を出したから堪《たま》らない。

「慣れてないだって？　あたぼうじゃないか！　誰だって、最初《はじめ》は慣れないものさ。けど、これが嫁の立場だったらどう言い訳をするつもりなのさ……。嫁ってもんは、慣れていようといまいと傍目《はため》を気にし、誰よりも先に厨に立たなきゃならないんだからさ！」

「けどよ、おちょうは嫁に行ったわけじゃねえ……。しかもよ、うちは大所帯で、厨に立つのがおちょうだけじゃなく、おめえもいれば女衆もいる……。それに、蛤町と黒江町《くろえちょう》とではさほど離れてねえにしても、一応、別所帯なんだからよ……」

と、こんなふうに、正蔵は懸命《けんめい》におちょうを庇《かば》おうとした。

ところが、それがますます癇《かん》に障《さわ》ったようで、おはまは振り上げた拳《こぶし》が下ろせないとばかりに続けた。

「そんなことは最初《はじめ》から解《わか》っているさ！　解っていて、敢《あ》えて、あたしたちと離れて暮らすことを許したんだからさ……。それにさ、日々堂と離れて暮らしているのはおちょうだけじゃないよ。おまえの亭主の友造はもちろんのこと、あの二階家には戸田《とだ》さまや佐之助《さのすけ》、与一《よいち》、六助《ろくすけ》もいるんだからさ。その男衆《おとこし》が早々と見世《みせ》に出ているというのに、おちょうだけがお大尽《だいじん》を決め込むなんて……。これが黙って見ていられると思うかえ？」

「まあま、まっ……。おちょう、解ったな？　朝っぱらからあんましおっかさんを怒らせるもんじゃねえぜ。おっかさんもよ、おめえのことを案じて言ってくれてるんだからよ」

正蔵に取りなされ、おちょうは気を兼《か》ねたように首を竦めた。

「解ってるよ……。けど、家具の置き場を替《か》えてみたり、行李《こうり》の中を整理してたら、つい……」

「そりゃそうだよな……。これからは、おめえもてめえのことだけでなく、女房としての務《つと》めを果たさなくちゃならねえんだからよ。まっ、そのうち慣れれば、手際《てぎわ》よく出来るようになるもんだ……。と、まあ、そんなことだから、暫《しばら》くは大目に見てやるこった！」

正蔵はそう言うと、見世のほうに戻っていった。

それで、おはまも今暫く様子見ということにしたのだが、おちょうときたら正蔵に味方をされたのをよいことに、それからも厨に顔を出すのが一刻《いっとき》（約二時間）近く遅れること屡々《しばしば》……。

これでは、いい加減おはまの堪忍袋《かんにんぶくろ》の緒《お》が切れても仕方がなく、他の女衆の手前、今日こそきつく叱《しか》りつけてやろうと腹を括《くく》っていたようである。

おはまの怒りは留《とど》まるところを知らず、猛《たけ》り狂ったようにどしめき（怒鳴り）続けた。

「今日こそ、言わせてもらうよ！　おまえね、友造の女房になるってことがどんなことか解ってるのかえ？　友造はね、いずれはおとっつァんの跡《あと》を継《つ》いで宰《さい》領《りょう》（大番頭格）となる男だ。その男の女房となったからには、おまえが率先《そっせん》して奥向きを束《たば》ねなきゃなんない……。と言うことは、誰よりも早く厨に立ってなきゃならないってことなんだよ！　あたしゃ哀《かな》しいよ……。おっかさんがこれまでしてきたことを見ていたら、いちいち口に出さずとも解ってくれると思っていたのに、あたしから手が離れた途端《とたん》にこの有様《ありさま》なんだもの……。あァあ、こんなことになるのなら、所帯を別に持たせるんじゃなかったよ。そうだ、現在《いま》からでも遅くはない！　二階家を引き払って、おっかさんの裏店《うらだな》に戻って来な。もう一度、鍛《きた》え直してやるからさ！」

その言葉に、おちょうの顔からさっと色が失《う》せ、おせいやおつなといった他の女衆までが挙措《きょそ》を失った。

「おはまさん、もうそのくらいで……。おちょうちゃんも解っただろうからさ」

「そうですよ。あたしたち、おちょうさんが遅れて来ても別になんとも思っていませんから……」

すると、おちょうは観念《かんねん》したかのように唇を真一文字《まいちもんじ》に結び、深々と腰を折った。

「おっかさん、皆さん、ごめんなさい。あたし、友《とも》さんを悦《よろこ》ばせようと思って、つい、皆に甘えちまって……」

「友造を悦ばせるって……。おちょう、それはどういうことなのかえ？」

おはまが訝《いぶか》しそうな顔をする。

「実は、友さんに隠れて袷《あわせ》を縫《ぬ》っていたの……。本当は、祝言を挙げるまでに仕立てておきたかったんだけど、間に合わなくて……。そんな理由《わけ》で、衣替《ころもが》えの機は逃《のが》しちまったんだけど、一刻《いっこく》も早く仕上げて友さんの悦ぶ顔が見たかった、というか、驚かせたかったの……。それでびっくりさせてやるためにも、仕立てている姿を友さんに見られちゃならないと思って……。だって、いきなり裁《た》ち下ろしを手渡すのじゃなきゃ、驚いてくれないでしょう？」

おちょうが上目《うわめ》に皆を見廻《みまわ》す。

おはまは開いた口が塞《ふさ》がらないといった顔をした。

「じゃ、おまえは友造を驚かせたくて、敢えて、友造の目を盗《ぬす》んで仕立てていたというのかえ？」

おちょうは素直に頷《うなず》いた。

「だって、友さんの前でそんなことをしてたら、恩着せがましいと思われるんじゃや……」

おせいとおつなが顔を見合わせ、くすりと肩を揺《ゆ》らす。

「おちょうちゃんたら……」

「友さんが恩着せがましく思うわけがない！　だって、女房が我勢《がせい》（頑張り）してくれてるんだよ？　男なら誰だって悦ぶに決まってるさ」

おはまはほっと安堵《あんど》の息を吐《つ》き、改まったようにおちょうに目を据《す》えた。

「莫迦《ばか》だね、おまえは……。だったら、ひと言、その旨《むね》をあたしに耳打ちしてくれてりゃよかったんだ。と言っても、あたしはおまえが手前勝手なことをするのを許さなかっただろうがね……。いや、亭主のために袷を仕立てるのが悪いと言ってるんじゃないんだよ。そうではなく、仕立てるのであれば、何も隠れてこそこそしなくても、堂々と仕立てりゃいいってことでさ……。友造だって、おまえのそんな姿を見るほうがよっぽど嬉《うれ》しいってもんでさ。恩着せがましいだなんて、どこをつつけばそんな言葉が出てくるのさ！」

「………」

おちょうが潮垂《しおた》れる。

「まっ、いいさ。本当のことが解ったんだから……。で、それはいつ仕立て上がるのさ」

おはまに睨《ね》めつけられ、おちょうがそろりとおはまを窺《うかが》う。

「あと一日あれば……」

おちょうがそう呟《つぶや》くと、おせいがさっと割って入った。

「おはまさん、だったら、あと一日、おちょうちゃんに猶予《ゆうよ》をあげましょうよ」

おつなも相槌《あいづち》を打つ。

「そうですよ！　あと一日くらい、おちょうさんが遅れてきても大丈夫ですよ。ねっ、そうさせてあげましょうよ」

が、おはまは大仰《おおぎょう》に首を振った。

「いや、駄目だね！　これまでは、あたしたちが知らなかったことで仕方がないにしても、解ったからには、理由がどうあれ、許すわけにはいかない……。おちょう、今宵《こよい》、友造に何もかもを打ち明けるんだね。おまえさんのために袷を仕立ててるんで出来上がるのを愉《たの》しみにしていてくれないか、とそう断りを入れて、目の前で堂々と仕立てりゃいいのさ……。おままごとで夫婦《めおと》をやってるんじゃないからね！　隠しておいて、あとで驚かそうなんて浮《うわ》ついた考えは捨て、ありのままの姿を見せればいいのさ……。ああそれから、これまで周囲《まわり》の者に仕立てていたことを隠していたことや、そのために、あたしからこっぴどく叱られたことも包み隠さずに話すんだよ。それが夫婦《めおと》っていうもんでさ……。解ったね？　さっ、おままごとはこれでお終《しま》いだ！　さあ早く朝餉を運びな。店衆《たなし》が腹を空《す》かせて目を回しても知らないからね」

おはまがポンポンと手を叩《たた》く。

おせいが慌てふためいたように持ち場へと去り、それを見て、おちょうはくるりと肩に襷《たすき》を廻《まわ》した。

お葉《よう》はおちょうが箱膳《はこぜん》を積み上げ厨に戻るのを横目に眺《なが》め、おはまへと視線を移した。

すると、お葉の視線に気づき、おはまが箱膳を片づける手をふと止める。

「えっ、何か……」

お葉は傍に寄れと目まじした。

「いえね、今朝、厨でおちょうと何やら揉《も》めてたようなんで、気になってね……。それに、朝餉の最中《さなか》も、どこかしらぎくしゃくしていたように思えてさ。何があったんだえ？」

ああ……、とおはまが肩息《かたいき》を吐く。

「それがね、まあ、聞いて下さいよ！　おちょうったら、祝言を挙げてからというもの、毎朝、一刻近くも遅れて厨に入るじゃないですか……。そりゃね、最初《はじめ》のうちは所帯を持ったばかりのことで、それもまあしょうがないか、とあたしも目を瞑《つぶ》るようにしてたんですよ。亭主も少しくらい大目に見てやれ、おちょうも莫迦じゃないから、そのうち別所帯を持つことがどんなことか解るだろうし、そうすりゃ、これではいけないと気づくだろうって言うもんだからさ……。ところが、あの娘《こ》ったら、気づくどころか、父親《てておや》が味方と知ってからというもの、遅れてきても平気平左衛門《へいきへいざえもん》なんだからさ！　まるで、おちょうだけが特別扱いをされるのは当然って顔をしていてさ……。てんごう言ってんじゃないよ！　むしろ、おちょうは他の女衆よりうんと我勢しなくちゃならない立場にあるんだからさ……。それで、これはなんでも、あたしがガツンと言ってやらなきゃと思い、今朝、腹を括り説教してやったってわけでしてね」

お葉が目をまじくじさせる。

「まあ、そうだったのかえ……。誰も言ってくれないもんだから、あたしはおちようがそんなことになっていたとは知らなかったよ」

「済みません。あたしの躾《しつけ》が悪かったもんで……」

「それで、おちょうは解ってくれたのかえ？」

「ええ、まっ、そうなんですがね。驚いたことに、あの娘《こ》ったら、何故《なぜ》、毎朝出掛けるのに手間取っていたと思います？」

「さあ……」

お葉がとほんとした顔をする。

「それがね、理由《わけ》を聞いて呆《あき》れ返っちまったんですけどね……。おちょうったら、友造が出掛けるのを見届けてから、毎朝、一刻ほど針仕事をしていたというんですよ」

「針仕事だって？」

お葉が怪訝《けげん》な顔をする。

と言うのも、お葉はおちょうが奥川町《おくがわちょう》の針妙《しんみよう》の許《もと》にお針の稽古《けいこ》に通っていたことは知っていたが、それは一年半前までのことで、友造と所帯を持つことに決まってからは、お針ばかりか稽古事のすべてをやめたとばかり思っていたからである。

おはまが慌てる。

「女将《おかみ》さんが怪訝に思われるのも無理はありませんよ。あの娘《こ》、とっくの昔に、お針の稽古はやめちまってますからね。いえね、そうじゃなくて、あの娘《こ》が言うには、自《みずか》らの手でなんとしてでも友造の袷を誂《あつら》えたかったというんですよ……。なんでも、藤村《ふじむら》のお師《し》さんから言われてたんですって……。お針を習いに来る者の中には、腕を磨《みが》いて針妙になりたいという者もいるだろうが、大半は、女《おな》ごの嗜《たしな》みとして亭主に自らが仕立てた着物を着せたいとの願いからで、それを肝《きも》に銘じて我勢するようにと……。おちょうったら、それを聞いてたもんだから、友造の嫁になると決まった直後から、所帯を持ってすぐの衣替えには我が手で仕立てた着物をと思ったようでしてね……。ところが、あの娘《こ》は根っからの不器《ぶき》（不器用）ときて、思い通りにことが運ばない……。しかも、友造だけじゃなく周囲《まわり》の者にも秘密にしておいて、あとで驚かせてやろうと思っていたもんだから、昼間、日々堂に出ていたのでは仕立てる暇がない……。それで、毎朝、友造の目を盗んで少しずつ仕立てていたというんだもの、呆れ返る引っ繰《く》り返るなんてもんじゃありませんよ！」

お葉はふふっと頬《ほお》を弛《ゆる》めた。

おちょうが真剣な面差《おもざ》しをして、一針一針縫い進める姿が目に見えるようである。

「なんとも可愛《かわい》らしいじゃないかえ！　あたしなんか端《はな》から針仕事や勝手仕事は駄目だと匙《さじ》を投げていたからさ……。と言っても、そんなあたしでさえ、その気がなかったかといえば嘘《うそ》になる……。叶《かな》うものなら、あたしだって、甚三郎《じんざぶろう》が身に着《つ》ける着物の一枚仕立ててみたかったさ！　だから、おちょうの気持が手に取るように解るのさ。おはま、いいじゃないか、少しくらい見世に出るのが遅くなったって……」

が、おはまは厳しい目で、お葉を見据《みす》えた。

「いえ、駄目ですよ！　そりゃね、おちょうが友造の袷を仕立てたいという気持は解りますよ。解るというか、あたしだって、諸手《もろて》を挙げて、そうするようにと言ってやりたい……。けどね、だからといって、見世に出るのが遅くなるという理屈は通りませんからね！　それとこれとは違うってことを解らせなきゃ、他の女衆に示しがつきません」

おはまの剣幕《けんまく》に、お葉がたじたじする。

「解った、解ったから、そんなに険《けわ》しい目をしないでおくれよ……。おはまはおちょうに宰領の女房たる心得《こころえ》を教え込んでおきたいんだよね？　亭主のことを思い遣《や》るのは当然としても、まずは店衆を思い遣れと……。ああ、良い心掛けだ！　それを聞いてあたしも安心したよ」

おはまが恐縮したように頷く。

「女将さんが解って下されば、それでいいんですけどね……。あたしね、言ってやったんですよ。夫婦《めおと》なんてものはおままごとと違って長く付き合っていくものだから、内緒にして驚かそうなんて甘い考えは捨て、何もかもを開けっぴろげにしていいんだって……。ねっ、女将さんなら、このあたしの気持を解って下さいますよね?」

おはまが解らないとは言わせないぞとばかりに、目弾《めはじき》してみせる。

「ああ、おまえが言いたいことは解ってるよ。あたしは女《おな》ごらしきことが何ひとつ出来なかった……。十歳になるまでは蝶《ちょう》よ花よで育てられ、実家《さと》のよし乃屋《のや》が身代限《しんだいかぎ》りとなってからは何も知らないまま芸の道に入っちまい、それこそ三味線《しゃみ》や舞《まい》には長《た》けていても、日常の細々《こまごま》したことは何も出来やしない……。そんなあたしが甚三郎に惚《ほ》れ、念願叶って女房にしてもらったんだから、おはまの手を借りなきゃ二進《にっち》も三進《さっち》もいかなかったんだもんね……」

お葉が申し訳なさそうにおはまを窺う。

おはまはくっと肩を揺すった。

「いいんですよ! 旦那はご自分の身の回りの世話をさせようと思って女将さんを女房に選んだのじゃないんですもの……。旦那はちゃんと見抜いていなさったんですよ。勝手方のことはあたしや他の女衆に委《まか》せておけばいいが、見世の奥にでんと構えて店衆に目を配《くば》り、皆を束ねていける女《おな》ごは女将さんしかいないと……。旦那の目は節穴《ふしあな》じゃなかったってことなんですよ! だって、旦那亡き後、現在《いま》こうして、日々堂を仕切っているのは女将さんなんですからね」

「そりゃそうなんだけど、あたしが言いたいのは、旦那に女《おな》ごらしいことを何ひとつしてあげられなかったってことでさ……。あたしだって、旦那に手料理のひとつも作ってあげたかったし、浴衣《ゆかた》の一枚縫ってやりたかったたよ。ところが、あたしがお飯《まんま》を炊《た》けば芯《しん》が残るし、干物《ひもの》を焼けば真っ黒焦《こ》げ……。おせいから冬木町《ふゆきちょう》にいた頃のことを訊《き》いてみな？　あたしがどんなやりくじりをしたか面白《おもしろ》おかしく話してくれるからさ……」

おはまがまるで幼気《いたいけ》ない子を瞠《みつ》めるかのように、目を細める。

「ええ、おせいから聞いていますよ。おせいが言うには、旦那はそんな女将さんが愛《いと》しくて堪らないといった顔をして、美味《うま》い美味いと残さずに食べて下さったとか……。まっ、年中三界《ねんじゅうさんがい》そんなことが続くようなら、旦那も悲鳴を上げなさったでしょうが、幸い、日々堂は女衆の手が足《た》りていますからね。足りていなかったのは、店衆を束ねる女将の存在と、旦那の心を癒《いや》してくれる女《おな》ごの存在……。女将さんはその両方を持ち合わせていなさったんだもの、旦那にとって、女将さんは運命の女《ひと》だったんですよ！　夫婦《めおと》の形にもいろいろありましてね。あたしが言いたいのはそのことなんですよ」

「そのことって……」

お葉が急須《きゅうす》に湯を注《つ》ごうとした手を止める。

「いえね、友造とおちょうのことなんですよ……。いずれ、あの二人は日々堂の宰領と、その女房……。清太郎坊《せいたろうぼっ》ちゃんを支えていかなくてはなりません。だからこそ、現在《いま》のうちに亭主やあたしのすることを見習ってほしいと思っているのに、おちょうったら、まるきり新妻気取りで、どこかしら浮ついているように見えて仕方がないんですよ……。それで、いい加減にここらで手綱《たづな》を締《し》めておかなきゃと思いましてね……。と言うのも、女将さんは日々堂に入るや、すぐさまご自分の立場というものを弁《わきま》えなさり、勝手方にまで口出しすることはないと悟《さと》られたばかりか、女将として何をすべきか自覚なさった……。そうなると、あたしら女衆は女将さんの信頼を裏切っちゃならないと、ますます我勢するようになりましたからね」

「ちょ、ちょい待った！　あたしは何もそこまで考えてたわけじゃないんだからさ」

お葉は狼狽《うろた》えた。

どうやら、おはまは誤解しているようである。

お葉は何も立場を弁えて勝手方に差出《さしで》しなかったのではなく、しようにも出来なかったのである。

ところが、その結果、勝手方との間が蟠《わだかま》りもなく甘く廻《うま》ったとは、まったく以《もっ》て皮肉なものである。

「いえ、いいんですよ。女将さんは現在《いま》のままでいて下されば、それでいいんですから……。ええ、委せておいて下さいな！　これから、おちょうを鍛え直しますんで……。それが、あたしの務めですからね」

おはまはお葉の動揺など意に介《かい》さず、ポンと胸を打ってみせた。


そしてその日の八ツ半（午後三時頃）過ぎのことである。

お葉が正蔵と口入屋《くちいれや》の台帳《だいちょう》を前に額《ひたい》を集めていると、バタバタと廊下を駆《か》ける足音がして、清太郎が芝居っ気たっぷりに大見得《おおみえ》を切りながら茶の間に姿を現した。

「清太郎、静かにおし！」

お葉がさっと鋭い目を向ける。

「清坊《せいぼう》、いやァ、お帰り！　やっと手習塾から解放されて箍《たが》が弛んじまったんだろうが、かと言って、廊下を走るのはあんまし感心しねえな……」

正蔵が仕こなし顔にそう言い、中に入って障子《しようじ》を閉めるようにと促《うなが》す。

「なんでェ、せっかく、お客さんを連れてきてやったのに……」

清太郎が不服《ふふく》そうに玄関のほうを振り返る。

「客って、便り屋の客か？　それとも、口入屋のほうか？」

正蔵が訝しそうな顔をする。

その顔は、便り屋であろうと口入屋であろうと、用があるのなら、正面切って訪《おとな》いを入れればよいものを……、と言っているようだった。

便り屋と口入屋は入口こそ別だが、双方《そうほう》は見世の中で繋《つな》がっていて、店先で訪いさえ入れれば、店衆の誰かが対応することになる。

まさか、見世に誰もいないということはないだろうに……。

お葉も正蔵と同じ想《おも》いなのか、首を傾《かし》げている。

「妙だね。見世に誰もいないってことはないだろうに……」

すると、清太郎が鬼の首でも取ったかのように、鼻蠢《おごめ》かせた。

「いるよ。友造さんも六《ろく》さんも……。けど、おいら、女《おな》ごの人が入りにくそうに見世の前を往《い》ったり来たりしてたんで、日々堂に用があるのかって訊《たず》ねたんだよ。だって、うちが入りづらくて余所《よそ》の見世に行かれちゃ大変《てえへん》だろ？」

まあ……、とお葉は目をまじくじさせた。

ついこの間までの清太郎なら、そこまで気が廻らずにぼんやりと遣《や》り過ごしてしまったであろうに、十歳という歳《とし》がそうさせるのか、すでに日々堂の後継者たる自覚に目覚めているとは……。

「そうけえ。それで清坊が声をかけたというんだな？」

正蔵に言われ、うん、と清太郎が頷く。

「それで？　その女《ひと》、どっちの客だったのかえ？　もちろん、見世の中に通したんだろうね？」

お葉がせっついたように訊ねる。

「ううん。だって、その女《ひと》、戸田先生を訪ねて来たんだもん！」

「戸田さまを……」

「戸田さまに客って、一体《いってえ》……。おっ、清坊、その女ご《おな》、年恰好《としかっこう》は？　名はなんて言った？」

お葉と正蔵は怪訝そうに顔を見合わせた。

それもそのはず、戸田龍之介《りゅうのすけ》が日々堂の代書をするようになって七年になるが、その間、龍之介を訪ねて他人《ひと》が来たことは一度もなかったのである。

と言うのも、大概《たいがい》の者は龍之介が鷹匠《たかじょう》支配《しはい》戸田忠兵衛《ちゅうべえ》の実弟で、理由《わけ》あって戸田家を飛び出して以来、神明夢想流《しんめいむそうりゅう》川添《かわぞえ》道場の高弟を務める傍《かたわ》ら、日々堂で代書をしているということを知っていたので、龍之介に用があれば本所松井町《ほんじょまついちょう》の道場を訪ねるか、奥川町の裏店を訪ねていたのである。

龍之介が奥川町の裏店から蛤町の仕舞《しも》た屋に引っ越《こ》してきて、二年とちょっと……。

その間も、龍之介を訪ねて日々堂に客が来たことはなかった。

正蔵に睨めつけられ、清太郎が気後《きおく》れしたように後退《あとじさ》る。

「ええとねえ……。確か、吉村《よしむら》なんとかと言ってた……。歳は……、歳は千草《ちぐさ》の花《はな》のおばちゃんと同じくれェかな……」

清太郎が蚊《か》の鳴くような声で答えると、お葉が、えっ、と正蔵に目をやる。

「まさか、門番同心《もんばんどうしん》の婿《むこ》に入ったという……」

「おっ、三崎小弥太《みさきこやた》、いや、現在《いま》は桜木《さくらぎ》小弥太か！　そう言ャ、戸田さまが言ってやしたよね？　小弥太には御徒組《おかちぐみ》に嫁《とつ》いだ姉さんがいると……。そう、確か、御徒組の身上《しんしょう》じゃ生活《たっき》に窮《きゅう》すため、北森下町《きたもりしたちょう》の居酒屋の板場で板頭《いたがしら》を務めているとか……」

「そうだった、そうだった！　確か、とん平《ぺい》とかいったよね？　滅法界《めっぽうかい》、美味い肴《さかな》を食わせるんで評判となり、いつ行っても満席でなかなか坐《すわ》れないとか……」

お葉と正蔵が、やっと平仄《ひょうそく》があった（筋道が立った）という顔をする。

「それで、現在《いま》、その女《ひと》はどこに？」

お葉に訊かれ、清太郎が見世のほうではなく、玄関を指差す。

「先生を訪ねて来たってことは見世とは関係がねえと思い、玄関に案内したんだけど、それでよかったんだよね？」

「ああ、それでよかったんだよ。偉いね、清太郎、よくそこまで気が廻ったじゃないか！」

お葉に褒《ほ》められ、清太郎が照れ臭そうにへへっと鼻の下を擦《こす》る。

「じゃ、あっしがお迎えに参りやしょう。茶の間にお通ししてようござんすね？」

「ああ、そうしておくれ」

正蔵が玄関口へと立ち、お葉は慌てて長火鉢《ながひばち》の周囲《まわり》を片づけた。

「清太郎、厨でおはまから小中飯《こじゆうはん》（おやつ）を貰《もら》ったら、暫く表で遊んでいてくれないかえ？」

「うん。解ってる」

清太郎は委せておけとばかりに弥蔵《やぞう》を決める（懐手《ふところで》で拳を握りつきあげること）と、厨に入って行った。

正蔵に案内されて茶の間に入って来た女《おな》ごは、なるほど、清太郎が言うように四十路《よそじ》半《なか》ばで、千草の花の女将、文哉《ふみや》とおっつかっつというところであろうか……。

「吉村三智《みち》と申します。突然訪ねて来た失礼をどうかお許し下さいませ」

三智は深々と辞儀《じぎ》をすると、傍に置いた風呂敷包《ふろしきづつ》みをそっと前に押し出した。

「何か手土産《てみやげ》をと思いましたが、何しろ、急なことで適当なものが思いつかなかったものですから、銀杏《ぎんなん》を少々お持ち致しましたの。下拵《したごしら》えはすでに済んでいますので、調理して使って下さってもよいし、酒の肴として上がって下さってもよいと思いまして……」

三智が気を兼ねたように、上目にお葉と正蔵を窺う。

「銀杏ですって？　これはこれは……。いえね、うちは男衆が多くてね。これを素揚にすると、それはもう悦びますんでね！」

「銀杏、いいねえ！　これに敵《かな》う酒のアテはねえからよ」

正蔵がでれりと眉《まゆ》を垂れる。

「ほら、すぐにこうなんだからさ！」

お葉と正蔵の悦ぶ顔を見て、三智が気恥《きは》ずかしそうに俯《うつむ》く。

「もっと気の利《き》いたものをお持ちすればよかったのですが、こんなものしかお持ち出来ずに申し訳ありません……。戸田さまから聞き及びかと思いますが、なにぶん、当方は倹《つま》しい暮らし向きをしていますので……。わたくしがとん平という居酒屋の板場で働いていることはご存知ですよね？」

お葉が茶を淹《い》れながら、ちらと三智を流し見る。

「ええ、聞いていますよ。なんでも、居酒屋の板場に置いておくのが惜《お》しいほどの腕をお持ちだとか……。いえね、あたしたちも一度とん平に連れてってくれと、戸田さまに強請《ねだ》っていたところなんですよ！　それなのに、戸田さまときたら、あそこはいつも満席で、突然訪ねて行っても坐れるような見世じゃないとかなんとか言って、いまだに連れてってくれないんですからね」

お葉がそう言うと、正蔵も相槌を打つ。

「まったく、酷《ひで》ェ男で！　あっしらにそう言ったくせして、戸田さまだけはちゃっかり行ってやがるんだから……」

正蔵の言葉にやっと気が解《ほぐ》れたようで、三智がふっと頬を弛める。

「皆さまにそう言っていただけ、わたくしも嬉しゅうございます。前もって言っておいて下されば、席を用意してお待ちしますので、是非《ぜひ》、そうして下さいませ」

「それはそうと、弟さん……。なんて言いましたっけ？」

「小弥太にございますね？」

「ああ、その小弥太さん！　おめでた続きでようござんしたね」

「おめでた続きとは……。では、小弥太に子が出来たことをご存知なのですね？」

三智の目に動揺が走る。

それは驚きともまた違った、そう、怯《おび》えのようなもの……。

お葉は一瞬戸惑《とまど》った。

「ええ、確か、戸田さまからそんなことを聞いたような……。えっ、違ったかしら？」

お葉がわざとらしくそう言うと、正蔵は黙って頷いた。

町小使《まちこづかい》（飛脚《ひきゃく》）の佐之助から桜木小弥太と妻女登和《さいじょとわ》の間に赤児《やや》が生まれたと聞いたのは三月《みつき》前の六月のことで、すぐさま龍之介に真《まこと》なのかと訊ねたところ、龍之介は否定しなかったのである。

それで、お葉も正蔵も、桜木家に婚礼があったのが昨年の重陽のことで、六月に赤児《やや》が生まれたとしても一向に不思議はないと思ったのであるが、三智のこの表情はどうだろう……。

いくら赤児《やや》が生まれたのが桜木家といっても、生まれた子は三智の甥《おい》に当たるのであるから、もっと悦んでもよさそうなものを……。

お葉は戸惑いながらも続けた。

「なんでも、桜木家にとっては嫡男《ちゃくなん》になるとか……。それは、さぞやお悦びでしょうね」

「ええ、まっ……」

三智が口籠《くちご》もる。

「戸田さま、遅いですね。もう戻ってもよさそうなものを……。ねっ、おまえさま、戸田さまに用があってお見えになったのですよね？」

お葉がそう言ったときである。

まるで計《はか》ったかのように、見世のほうから声がした。

「俺に客人《きやくじん》だって？　はて、一体誰が……」

どうやら、龍之介が帰宅したようである。

お葉はやれと息を吐き、正蔵に目まじした。


「驚きましたぞ。まさか、三智どのが訪ねて見えるとは……」

龍之介は日々堂の並びにある汁粉屋《しるこや》の上がり框《かまち》に坐ると、四囲《しい》にさっと目を配った。

どうやら顔見知りはいないようで、龍之介はほっと安堵した。

三智を汁粉屋に案内してはどうかと勧《すす》めたのは、お葉である。

「ここで話しても構わないけど、戸田さま、いっそ、萩乃屋《はぎのや》にお連れしちゃどうだえ？　あそこのすすり団子《だんご》は絶品《ぜっぴん》だからさ！　そうだ！　蓮餅《はすもち》……。ねっ、蓮餅って知ってます？」

お葉がそう言い三智を瞠めると、三智はとほんとした顔をした。

「蓮餅って……」

「摺《す》り下ろした蓮根《れんこん》と白玉粉《しらたまこ》、上新粉《じょうしんこ》、砂糖《さとう》を混ぜて団子《だんご》状《じょう》にして茹《ゆ》で上げ、それに黄粉《きなこ》と砂糖を振りかけただけなんですがね……。これが一風《いっぷう》変わった風味《ふうみ》合《あい》がして、とにかく一度食べたら病《や》みつきになるってもんでね。そっか……、食べたことがない？　じゃ、なんでも食べてみることだね！」

お葉がそう言うと、正蔵も諸手を挙げ賛成した。

「そいつァいいや！　戸田さま、早く萩乃屋にご案内しな！」

龍之介は何がなんだか解らないままに追い立てられるようにして日々堂から出て来たのだが、道々《みちみち》、三智の面差しにはどこかしら深刻そうな表情が……。

それでやっと、龍之介はお葉が敢えて二人だけにしてくれたことに気がついたのだった。

「なんら前触《まえぶ》れもなく、突然お訪ねして申し訳ありません……。道場のほうにお伺《うかが》いすることも考えたのですが、門弟の中にわたくしどもを小弥太の姉と知っている者がいては拙《まず》いのではないかと案じ、道場を訪ねるのを憚《はばか》りましたの。けれども日々堂にならば、わたくしが小弥太の姉と知られたところで差し障りがありません……。どうか、不作法《ぶさほう》をお許し下さいませ」

三智が恐縮し、頭を下げる。

龍之介は慌てた。

「なんの……。不作法などとは、とんでもない！　わたしとしては三智どのがどちらを訪ねて下さっても一向に構いませんので……。どうか頭をお上げ下され」

そこに、小女《こおんな》が注文を取りに来た。

「三智どの、何になさいますかな？　ここは汁粉屋なので汁粉が美味いのは当然のことですが、便り屋の女将一押《いちお》しの蓮餅はいかがですかな？　あっ、それとも、汁粉と蓮餅の両方を貰いましょうか」

「いえ、両方はとても……。では、まだ頂《いただ》いたことのない蓮餅を……」

三智が気を兼ねたように言う。

「申し訳ありません。とん平に出る前にちょっとと思ってお伺いしただけですのに、手間を取らせてしまって……」

「なに、ちょうど小中飯に打ってつけの時刻なのでな。では、蓮餅とお茶を貰おうか！」

龍之介に言われ、小女が去って行く。

「で、今日はまた何か……。あっ、小弥太が何か言ってきたので？」

龍之介が三智を見据える。

「いえ、それが……」

三智の目がつと翳《かげ》る。

なんと、今にも泣き出しそうではないか……。

「やはり、何かあったのですね？　三智どの、何もかも包み隠さずにお話し下され！」

龍之介が思わず身を乗り出したそのとき、小女が蓮餅と焙《ほう》じ茶を運んで来た。

三智は小女が去って行くまで俯いたまま何も話そうとしなかったが、つと顔を上げた。

「さっ、お話し下され。それとも、話は蓮餅を食ってからにしますか？　わたしはどちらでも構わないが……」

龍之介がそう言うと、三智は、いえ、と首を振った。

「実は、昨日、三崎の兄の許に桜木から遣《つか》いの者が来たそうでして……。その者が言うには、なんでもここ一廻《ひとまわ》り（一週間）ほど小弥太が御船蔵《おふなぐら》のお屋敷に戻って来ないとかで、それで三崎に戻っているのではないかと探《さぐ》りを入れてきたようなのですが、小弥太は登和さまと祝言を挙げてからというもの、一度も三崎に顔を見せたことがなく、いえ、それどころか、文《ふみ》の一つも寄越《よこ》そうとしなかったのですよ。ですから、いきなり小弥太が姿を晦《くら》ましたと言われても、兄も寝耳に水で……。それで、すぐさま、兄から何か知らないかとわたくしの許に問い合わせがあったのですが、わたくしにしてみれば青天《せいてん》の霹靂《へきれき》……。三崎の兄が知らないものを、嫁に出たわたくしが知るはずもありません。確かに小弥太は八歳のときに母親を失い、以来、わたくしが母親代わりとなって育ててきましたが、わたくしが吉村に嫁いでからは縁が切れたのも同然……。と言っても、三崎も吉村も共に三十俵《ぴょう》二人扶持《ぶち》ですので、あの子が桜木家に入るまでは、あれでも、わたくしが板場を預かるとん平にちょくちょく顔を出していたのですよ。けれども、あの子が桜木家に入ってからは音信不通となったきりで……。あの子にとって、わたくしのような姉がいることは、恥なのではないかと思います……。ですから、何があろうとも、今さらわたくしを頼りにすることはないと思います」

三智が口惜《くちお》しそうに顔を歪《ゆが》める。

三智が悔《くや》しがるのも無理はなかった。

桜木家との縁談が調《ととの》うまでの小弥太は、三十俵二人扶持の冷飯《ひやめし》食いとして肩《かた》身の狭い想いをしてきて、川添道場では師範代の座を巡《めぐ》って龍之介や田邊朔之助《たなべさくのすけ》と切磋琢磨《せっさたくま》……。

それゆえ小弥太は常に懐不如意《ふところふにょい》で、どうかすると見世に顔を出しては三智にただ酒をせびっていたというのに、門番同心番頭《ばんがしら》桜木家との縁談が調うや、掌《てのひら》を返し三智との血縁を否定するかのように、祝言の席に招こうとしなかったのである。

三智にしてみれば、一時は我が子のように愛しく思った弟の晴れ舞台である。さぞや目蓋《まぶた》に焼きつけておきたかったに違いない。

が、三智は祝言に呼ばれなかったばかりか、この三月、桜木家に嫡男が生まれたことすら知らされていなかったのである。

三月《みつき》前、門弟の菊池市之進《きくちいちのしん》から桜木家に赤児《やや》が生まれたことを聞かされ、龍之介は驚愕《きょうがく》した。

と言うのも、小弥太と登和が祝言を挙げたのは前年の重陽の日。それなのに、三月に赤児《やや》が生まれたということは、お腹の赤児《やや》は六月《むつき》で生まれたことに……。

月足《つきた》らずで生まれたと考えても、六月《むつき》で生まれた子が果たしてまともに育つものであろうか……。

ところが、菊池の話では、赤児《やや》はすくすくと育っているというのである。

その場にいた川添耕作《こうさく》や妻女の香穂《かほ》も、田邊までが怪訝な顔をした。

「考えられることは、祝言を挙げる前から、小弥太が登和どのと乳繰《ちちく》り合っていたってこと……。おっ、戸田、おまえは小弥太と親《した》しくしていたが、そんな気配《けはい》を感じたことがあるか？」

田邊に顔を覗《のぞ》き込まれ、龍之介は慌てた。

「小弥太に限ってそんなことはありません！」

あのとき、龍之介は皆の前できっぱりとそう言いきったが、内心は決して穏《おだ》やかではなかった。

と言うのも、龍之介は小弥太から、登和にはずっと前から他に好いた男がいる、と打ち明けられていたのである。

小弥太は己《おのれ》の置かれた立場に戦《おのの》きながらも、あのとき、こう話してくれた。

「このことは、誰にも話すつもりはなかったのだ……。むろん、兄や姉にも話していない。二人とも俺がまたとない良縁に恵《めぐ》まれたと悦んでおるのでな。正《まさ》な話、おぬしにも話すつもりはなかった……。とは言え、これから先、俺は欺瞞《ぎまん》の中で堪《た》え忍んでいけるのだろうかと思うと、不安でよ……。それで、誰か一人でも本当のことを知っておいてもらえたらと思うてよ。と言うのも、見合の後、二度ほど登和どのに逢《あ》ったのだが、逢う度《たび》に登和どのへの想いが募《つの》ってきてよ……。今になって、次太夫《じだゆう》の気持が理解できる気がしてよ。あの女《ひと》のためなら、なんだって出来る！　登和どのに他に男がいても、あの女《ひと》の傍にいられるのであれば凌《しの》いでいける……。その覚悟は出来ているのだ。済まなかったな。こんな繰《くり》言《ごと》を聞かせてしまって……」

と、こんなふうに、小弥太のこの縁談は竹馬《ちくば》の友、佐々見《ささみ》次太夫との間で進められていたのだが、次太夫の急死により急遽《きゆうきよ》自分にお鉢《はち》が回ってきたのだと言い、さらに、その次太夫ですら登和に他の男がいたことを知っていて黙認しようとしたのだ、と打ち明けた。

しかも、登和の父直右衛門《なおえもん》は娘の不義を知っていて、敢えて世間の目を欺《あざむ》くために、婿取りを急いだのだと……。

が、当初、婿として白羽《しらは》の矢を立てた次太夫の急死……。

ならば、四の五の言わずに婿に来てくれる男なら誰でもとばかりに、次太夫の朋輩《ほうばい》小弥太へとお鉢が回ることになったのだった。

思うに、桜木家では次太夫も小弥太も格下の冷飯食いで、一方、当の娘はすこぶるつきの美印《びじるし》（美人）……、ならば娘に他の男がいようがいまいが、傍にいられるのであればと淩いでくれる……と読んだのであろう。

むろん、小弥太も日増しに大きくなる登和のお腹を見て、自分の子でないことくらい気づいていたはずである。

だが、本当に、それで小弥太は納得したのであろうか……。

あのとき、耕作たちに問い詰められ、龍之介は知らぬ顔の半兵衛《はんべえ》を徹《とお》したのであるが、胸の内では大風が吹き荒れていた。

小弥太の姉三智は、果たして、桜木家に赤児《やや》が生まれたことを知っているのだろうか……。

道場からの帰り道、龍之介の脚《あし》は知らず知らず北森下町のとん平へと向いていた。

山留《やまどめ》（閉店）が近いせいか、いつもは応接に暇《いとま》がない見世は存外《ぞんがい》に空いていた。

それで思い切って、少し話が出来ないか、と龍之介が三智に掛け合ってみたところ、御亭《ごてい》も快《こころよ》く許してくれ、二人は樽席《たるせき》に腰を下ろして話すことに……。

すると、驚いたことに、小弥太は桜木家に入って九月《くつき》になるというのに、いまだに文の一つ寄越してこないというではないか……。

むろん、三智は小弥太があれほど好きだった剣術の稽古を辞めてしまったことも知らなかった。

「小弥太が道場を辞めた……。あんなに剣術が好きだった小弥太が辞めたですって？」

三智は信じられないといった顔をした。

「その様子から見るに、三智どのは小弥太に赤児《やや》が出来た、いや、登和どのが子を産《う》まれたことをご存知ないようですね」

「小弥太に赤児《やや》が……。えっ、それはいつのことですか？」

「わたしも今日初めて門弟の一人から聞き驚いたのですが、三月とのことです」

「三月……」

三智の顔から色が失せた。

「それで、赤児《やや》は息災《そくさい》なのですか？」

「ええ、いたって息災だそうです。だが、何ゆえ、小弥太はそのようにめでたいことを義姉上《あねうえ》に知らせなかったのだろうか……。では、三崎の義兄上《あにうえ》には？　義兄上には知らせているのでしょうね？」

三智は肩息を吐いた。

「兄も知らないと思います……。わたくしは他家に嫁ぎましたが、三崎も吉村も共に御徒組ということもあって何事も包み隠さずに話すことにしているのですが、兄からそんな話は聞いておりません……。つい先日も兄が言っていましてね。小弥太の奴、桜木家に入ってから文のひとつも寄越さないところをみると、三崎や吉村とは完全に縁を切るつもりなのだろうと……」

「だが、三崎の義兄上《あにうえ》は小弥太の祝言には呼ばれたのですよね？」

「ええ、三崎からは兄が一人……。他家に嫁いだわたくしが呼ばれなかったのは仕方がありません……。三崎同様に、吉村は三十俵二人扶持の家格で、しかも、わたくしは生活《たつき》を支えるために居酒屋で働いているのですからね……。桜木家からみると、とても許し難《がた》いこと……。もしかすると、小弥太はわたくしのことを桜木家に伝えていないのではないかと、そんなふうに思っているのですよ」

「小弥太が義姉上《あねうえ》のことを桜木家に伝えていないと？　まさか……。それに、仮に小弥太が伝えていなかったとしても、三崎の義兄上《あにうえ》が伝えているのでは……」

「兄は小弥太が桜木家の婿に入ることを大層悦んでいましたからね……。わたくしのことを話すと小弥太の立場が悪くなると思い、自分の口から話すのを控《ひか》えたと思います。けれども、わたくしはそれでよいのです。表舞台に立てずとも、陰から小弥太の幸せを祈っていればそれでいい……。あの子がどう思おうと、わたくしには可愛い義弟《おとうと》……。いえ、息子といってもよいのですもの……」

そして、こう結んだ。

「きっと小弥太には他人《ひと》に言えない悩みがあるのだと思いますよ……。文を書くのは容易《たやす》いことです。けれども、わたくしたちを心配させまいとすると、嘘を吐《つ》かなければなりません。嘘を吐くことほど辛《つら》いものはありませんからね……。わたくしには小弥太の心の叫びが聞こえてくるように思えます」

あのとき、三智は赤児《やや》が生まれたのが三月と聞き、言葉にこそ出して言わなかったが、小弥太が秘密を抱《かか》えていることを知ったに違いない。

そして、とん平を出て家路につく道々、三智はぽつりと呟いた。

「先ほど、赤児《やや》が生まれたのは三月とおっしゃいましたね？」

「ええ、小弥太が登和どのと祝言を挙げたのが重陽の日……。どう考えても、月足らずです。だが、門弟の話では、赤児《やや》はすくすくと育っているとか……。これが何を意味するのか……」

「つまり、小弥太の子ではないかもしれないと、戸田さまはそうお思いなのですね？」

「ああ、そう思わざるを得《え》ない……。三智どの、小弥太から何か聞いていませんか？　何ゆえ、桜木家が小弥太との縁談を急いだのか……」

三智は、小弥太は何も打ち明けてくれなかった、と寂《さみ》しそうに首を振った。

そして、どんなことでも構わないので、忌憚《きたん》なく話してくれと頼んだのである。

龍之介は小弥太が、他に好いた男がいて、おまえさまと夫婦《めおと》になってからもその男との関係を続ける、と登和から言われたことを三智に話して聞かせた。

ところが意外にも、三智は平静な顔をして聞いていた。

「小弥太のために、一つだけ言っておかなくてはなりません……。小弥太は名誉や地位が欲《ほ》しくて桜木家の要望を呑《の》んだわけではありません……。あいつは、登和どのに惚れ込んでしまったのですよ。登和どのの傍にいられれば、他に好いた男がいても、目を瞑《つぶ》る……。それがどれだけ辛いことかも知らないで……。むろん、わたしは反対しました。だが、小弥太は逆上《のぼ》せあがってしまい、聞く耳を持たなかった……」

「そうですか……。では、戸田さまは登和さまがお産みになった赤児《やや》は、他の殿《との》方《かた》の子とお思いなのですね？」

　三智はそう言い、小弥太に婿の話が回ってきたのは佐々見次太夫が亡くなってからのことで、そのことから考えるに、登和が産んだ子は次太夫の子なのではなかろうかと続けた。

　が、龍之介はきっぱりとそれを否定した。

　登和は次太夫と縁談が纏《まと》まったとき、わたくしには他に好いた男がいる、とすでに打ち明けていて、次太夫もそれを納得したうえで婚約したのだと……。

「つまり、佐々見も小弥太同様、登和どのに他の男がいると解っていて、桜木家に婿入りするつもりだった……。小弥太に話が回ってきたのは佐々見が急死したからだが、その時点では、まだ登和どのもご自分が身籠《みご》もっていることに気づいていなかったのでは……。ところが、佐々見が亡くなった後になって、身籠もっていることに気づいた……。慌《あせ》てたのは桜木家で、これはなんとしてでも佐々見に代わる婿を見つけなければと焦り、それで、佐々見が今際《いまわ》の際《きわ》に推挙《すいきょ》した小弥太へとお鉢が回ってきたのではないでしょうか……」

　龍之介のその言葉に、三智は初めて戸惑いの色を見せた。

「その方には妻子《さいし》がおられるのですね？　つまり、道ならぬ恋ということ……」

龍之介には否定することが出来なかった。

三智は圧《お》し黙ったが、どうやら、何もかもを悟ったようである。

「よく話して下さいました。小弥太の事情が解ったといっても、わたくしたちには何もしてやることが出来ません。すべては小弥太が選んだこと……。ですが、あの子が思い屈《くっ》したり悶々《もんもん》としているのなら、せめて、その想いだけでも解《わか》っておいてやりたいと思います……。戸田さま、今後、小弥太のことで何か判ったことがありましたら、必ず耳に入れてほしいと思います。どうか宜《よろ》しくお願い致します」

あのとき、三智はそう言い、深々と頭を下げたのである。

あれから三月《みつき》……。

その間、龍之介の耳には小弥太の情報が何ひとつ入ってこなかったのであるが、まさか、行方《ゆきがた》しれずになっていたとは……。

三智は三崎の兄から小弥太の失踪《しっそう》を聞き、それで、龍之介ならば何か知っているのではないかと訪ねて来たのであろう。

三智は龍之介の表情を見て、深々と息を吐いた。

「そうですか……。やはり、あの子は戸田さまのところにも何も言ってきていないのですね。では、一体どこに……。他にあの子が頼れる人なんていませんのに……。現在《いま》言えるのは、何か悪いことが起きなければということだけ……」

「三智どの、気を強くお持ちなされ！　小弥太は強い男です。何があろうとも、自滅《じめつ》するような男ではありません！　大丈夫ですよ。一廻りほど姿を晦ましたといっても、奴には何か考えがあってのこと……。一人で考えたいことがあるのかもしれませんし、今に何事もなかったかのような顔をして、再び、皆の前に姿を現すでしょう。三智どの、小弥太を信じてやろうではないですか！」

龍之介が三智の目を瞠める。

三智は寂しそうに頷いた。

「それしか方法がありませんわね」

「わたしも極力《きよくりよく》手をつくし、何か判るか探ってみるつもりです。と言っても、何ほどのことが出来るのか……。何しろ、門番同心は勘定奉行《かんじようぶぎよう》配下、蔵《くら》奉行の管轄《かんかつ》……。生憎《あいにく》、どちらも付き合いがないものでな。が、戸田の兄を頼れば、何か判るかもしれない……。とにかく、やれるだけやってみるつもりなので、今暫くお待ち下され」

「戸田さま、お願い致します……。何か判り次第、すぐさま知らせて下さいませ」

三智が手を合わせる。

「解りました。お委せ下さいませ。それで、三智どのはこれからどうなさいます?」

三智はハッと我に返り、寂しそうな笑《え》みを見せた。

「そろそろ七ツ(午後四時頃)になりますわね。急いで北森下町に行かなければなりません。ふふっ、こんなときでも板場に穴をあけるわけにはいかないのですものね……。仕方がありません。これが雇《やと》われ者の宿命《さだめ》ですもの……」

「いや、むしろ、どんなときであれ、やらなければならない務めがあるのは幸せなこと! よけいなことを考えている暇がありませんからね」

龍之介がわざと明るい口調《くちよう》でそう言うと、三智は困《こう》じ果てたように微笑《ほほえ》んだ。

「ホント、本当にそうかもしれませんわね」

これから北森下町のとん平に出るという三智と萩乃屋の前で袂《たもと》を分かつと、

龍之介は日々堂へと戻って行った。

折良く、店先に佐之助の姿を認めた。

龍之介は傍に寄るようにと目まじすると、手が空いたら茶の間に声をかけてくれないか、と耳許《みみもと》に囁《ささや》いた。

佐之助が訝しそうな顔をする。

「もしかして、桜木屋敷のことで？」

「おっ、おまえ、何か知っているのか！」

「知っているというより、出入りの魚屋が言ってたんですよ……。なんでも、此《こ》の中《じゅう》、極端《きょくたん》に桜木屋敷の魚の注文が減《へ》ったとか……。その男が言うには、桜木のご隠居が白身魚《しろみざかな》を好むため、これまでは滅多《めった》に鯖《さば》や鰯《いわし》といった青魚《あおざかな》を注文することがなかったのが、婿を貰ったとたんに青魚の注文が増えてそれはよい得意先だったというのに、ここ数日、青魚どころか白身の注文もないもんで、一体《いってえ》どうしちまったんだろうかと……」

「ご隠居だって？　じゃ、直右衛門どのは小弥太、いや、婿に家督《かとく》を譲《ゆず》ったというのか！」

龍之介は思わず甲張《かんば》った声を上げ、ハッと四囲を見廻した。

「そういうことなんじゃありやせんか？　もっとも、あっしも詳《くわ》しいことまでは知りやせんが……」

「それで、いつ？　いつ、直右衛門どのは家督を婿に譲られた」

「さあ……。あっしは本当に何も知りやせんので……。ただ……」

「ただ？　なんだというのだ！」

龍之介の声が大きかったのか、土間で荷を解《ほど》いていた小僧たちが、驚いたように振り返る。

「いや、やはり、ここで話すのは拙い……。悪いが、手が空き次第、茶の間に声をかけてくれないか」

「へっ、解りやした」

龍之介は母屋《おもや》の玄関口に廻ると、神妙《しんみよう》な顔をして、懐手に茶の間へと入って行った。

「おや、お帰りなさい。それで、三智さまは？」

お葉が帳簿から目を上げ、声をかけてくる。

「これからとん平に出るとかで、汁粉屋の前で別れました」

「そうかえ……。で、話とはなんだったのかえ？」

お葉が茶筒《ちゃづつ》の蓋《ふた》を開けながら訊ねる。

「………」

龍之介が顰《しか》め面《つら》をする。

三智がわざわざ日々堂まで訪ねてきたということは、小弥太のことをお葉たちに話しても構わないということ……。

龍之介に相談したいことがあり仕方がなく訪ねて来たとしても、人目《ひとめ》を憚るのであれば、もっと別の手段を取ったはずである。

「戸田さま、今さら隠し立てをするんじゃないよ！　向こうだって、あたしたちに知られても構わないと思ったからこそ、ああして訪ねて来たんだろうからさ」

お葉が、はいよ！　と長火鉢の猫板《ねこいた》に湯呑《ゆのみ》を置く。

「嫌《いや》だなあ、女将は！　隠し立てなんて滅相《めっそう》もない！　話しますよ……。三智どのも話されても構わないと思い、ああして堂々と訪ねて見えたんだろうから……。いや、実はね……」

龍之介が三智から聞いたことを、つぶさに話して聞かせる。

「えっ、ここ一廻りも、桜木の婿がお屋敷に戻って来ないって……。しかも、その理由《わけ》が家人《かじん》にも解らないなんて、そりゃ妙じゃないか！　まさか、拐《かどわ》かしに遭《あ》ったんじゃなかろうね？」

「拐かし？　まさか！　大の大人が……。しかも、小弥太は神明夢想流では免許《めんきょ》皆伝《かいでん》の腕を持つほどの男……。そんな男が、そう易々《やすやす》と拐かしに遭うでしょうか？　それに、拐かしに遭ったのだとすれば、某《なにがし》か脅迫《きょうはく》めいたものがあってもよいはず……」

「じゃ、何か不都合《ふつごう》なことがあって、出奔《しゅっぽん》したとか……。戸田さま、心当たりはないのかえ？」

「出奔か……」

「なんだえ、はっきりしないねえ！　どだい、逆玉《ぎゃくたま》の輿《こし》に乗ったあの男に不都合なことがあるわけがないよ……。だって、そうだろう？　三十俵二人扶持の御徒組の冷飯食いが、門番同心番頭の一人娘に婿入りし、しかも、その娘というが右に出る者がないほどの美印と来て、おまけに、この春、嫡男まで挙げたというんだから、良いことだらけで文句のつけようがない……。となると、その男に不都合なこと、つまり、お務めで何かやりくじりをしたってことになるんだが、仮にそうだとしたら、家人が知らないわけがない！　ところが、家人には心当たりがないといい、それでわざわざ遣いを立ててまで実家《さと》の兄さんに探りを入れてきたというんだろ？　妙じゃないか……」

お葉が釈然《しやくぜん》としないといった顔をする。

「いや、そうではないのだ……」

「そうではないって……」

龍之介は暫《しば》し逡巡《しゅんじゅん》したが、意を決したようにお葉を見据えた。

「今さら隠し立てをしても仕方がないので、包み隠さずに話しますが、実は、小弥太が桜木の婿に入るまでに、かような経緯《いきさつ》がありまして……」

龍之介は肝胆相照《かんたんあいて》らす仲の佐々見次太夫の急死により、急遽、小弥太にお鉢が回ってきたことや、二人とも登和に他に好いた男がいると納得して桜木家に入ろうとしたこと、その時点で、登和のお腹の中にすでにその男の赤児《やや》が宿っていたことなどを話して聞かせた。

お葉の顔が見る見るうちに強張《こわば》っていく。

「おかっしゃい！　黙って聞いてりゃ、よくもまあ、そんな身の毛の弥立《よだ》つようなことを、いけしゃあしゃあと……。御座《おざ》が冷めて、聞いちゃいられないよ！　ふン、登和という女《おな》ごはとんだ食わせ者だよ！　あばずれといったっていい……。何さ、少しばかりご面相《めんそう》がよいのを鼻にかけ、格下の冷飯食いを手玉に取ろうって魂胆《こんたん》だとはさァ！　他に好いた男がいるのを納得したうえで婿に来てくれだって？　そんな寝惚《ねぼ》けたことを許す親も親なら、鼻の下を伸ばしてほいほいとついていく男も男……。おおかた、てめえさえ辛抱《しんぼう》すれば、出来星分限《できぼしぶげん》（成り上がり者）だろうがそのうち世間も認めてくれ、夫婦《めおと》になってしまえば相手の心も摑《つか》めると思ったんだろうが、そうは虎《とら》の皮！　端から、他に好いた男がいる、となんら悪びれることもなく打ち明けるほどの女《おな》ごだもの、尻に目薬（効《き》き目がない）ってなもんでさ……。ふン、こちとら、かざっぴいちまったよ（莫迦莫迦しい）！　あたしゃ、もう何も聞きたくないからさ」

お葉が気を苛《いら》ち、忌々《いまいま》しそうに吐き捨てる。

「女将が業腹《ごうはら》なのはよく解る。俺だって、業が煮《に》えて仕方がなかったのだからよ……。まっ、俺の場合は、いつかはこんなことが起きるのではないかと不安に思いつつも、小弥太が桜木家に入るのを止めようとしなかったことへの自責《じせき》の念のほうが強いのだがな……」

「じゃ、訊くけど、戸田さまはその男から事情を打ち明けられたとき、止めなかったというのかえ？」

お葉が龍之介を睨めつける。

「いや、一度は止めた……。だが、あの男は登和どのにぞっこんで、何があろうとも、あの女《ひと》の傍にいられるのであれば凌いでいける、と聞く耳を持たなかった……。あのときの小弥太の目……。心《しん》から惚れきったという顔をしていて、ああ、これ以上この男に何をいっても無駄《むだ》だ、とそう感じたのでな……」

お葉がふうと太息《ふといき》を吐く。

恋は仕勝《しがち》……。逆上せあがっているときに他人《ひと》から何を言われようと効き目がないのは解っている。

お葉も甚三郎と鰯煮た鍋《なべ》（離れがたい関係）になったときには、他人《ひと》の忠告や諫言《かんげん》がますます恋心を煽《あお》り、離れがたくなったものである。

龍之介にしても然《しか》り……。

相思《そうし》の仲の内田琴乃《うちだことの》とは、泣く泣く別れなければならなかったという哀しい思い出が……。

それ故《ゆえ》、小弥太の気持が解らなくもないのである。

ましてや、小弥太は決して見てくれがよいわけでもなく、しかも下級武士の次男坊ときて、次太夫の死により思いがけず転がり込んできた福徳《ふくとく》の百年目に、舞い上がったとしても不思議はない。

「まさか、その小弥太って男、桜木家で手討《てう》ちに遭ったってことはないんだろうね？」

お葉がぽつりと呟く。

龍之介はあっとお葉を見た。

「手討ちですと！　何ゆえ、何ゆえ、小弥太が手討ちに遭わなければならないのですか……」

お葉が狼狽える。

「いえね、ふと思ったんだけど、その小弥太って男、最初《はじめ》は納得したつもりで桜木家に入ったんだろうが、女房が他の男の子《ひと》を産むのを目の当《ま》たりにし、次第に不満が募ってきたとしたら、ぐちぐちと厭味《いやみ》のひとつも言いたくなる……。ところがそうなると、桜木家でも、すべてを納得したうえで婿にしてやったのに……、とこれまた不満が募るってもんでさ……。そこで、桜木の舅《しゅうと》がいっそ婿の口を封じてしまえとばかりに、手にかけたとしたら……。ねっ、あり得ないことではないだろう？　離縁して実家《さと》に帰してもいいが、そうなると、婿の口から秘密事が暴露《ばれ》てしまう……。それを懼《おそ》れた舅が、若党《わかとう》に命じて婿を屠《ほふ》ってしまったのだとしたら？　それなら、お上《かみ》に病死と届け出れば済むことで、登和という女ごにも桜木の家にも疵《きず》がつかないからね……」

お葉の言葉に、龍之介の顔から色が失せる。

「女将、なんてことを……」

お葉もあっと挙措を失った。

「あたしったら、なんてことを考えたんだろう！　鶴亀《つるかめ》鶴亀……」

龍之介は苦笑《にがわら》いした。

「そいつは考えすぎというもの……。万が稀《まれ》、女将の言うとおりだとして、それなら何故、わざわざ小弥太が姿を晦ましたことを三崎家に知らせに来たのでしょう……。小弥太を手討ちにし、その後、病死とお上に届けるのであれば、わざわざ三崎に知らせなくても済みますからね……」

ああ……、とお葉が眉を開く。

「そうだよね？　あたしって、なんて莫迦なことを考えちまったんだろう……。じゃ、やっぱり、小弥太って男《ひと》は失踪したんだ……。けど、失踪って、一体どこに……。その男《ひと》、行く当てなんてないんだろう？」

龍之介が苦々《にがにが》しそうに頷く。

「三崎に戻ったのでもなく、姉さんの家を訪ねたのでもないとしたら、さあ……。わたし以外に小弥太と親しくしていた者はいなかったと思えるので、皆目《かいもく》解りません」

「じゃ、どうすんのさ！」

「佐之助に暇を見て茶の間に顔を出すようにと言っておきましたので、おっつけ参るでしょう……。佐之助には御船蔵の屋敷付近を当たらせて桜木家の動向を探らせ、明日、わたしは千駄木《せんだぎ》を訪ねてみようと思っています。そんな理由《わけ》で、明日は政女《まさじょ》さんに代書を代わってもらえないでしょうか？」

お葉が目から鱗《うろこ》が落ちたような顔をする。

「ああ、戸田の兄さんに桜木家のことを調べてもらうんだね？　そっか……、鷹匠支配なら、勘定方のことをいくらかは知っているだろうからね。ああ、いいともさ！　あたしから政女さんに伝えておくよ。よい折だもの、久々に千駄木でゆっくりしてくるといいよ。で、何月《なんつき》ぶりかえ？」

お葉に訊ねられ、龍之介が記憶を辿《たど》る。

確か、この前千駄木の鷹匠屋敷を訪ねたのが、龍之介の兄忠兵衛の次男光輝《みつき》の食い初《ぞ》めだったと思うので、すると、八月《やつき》ほど前……。

「食い初めが二月の初めだったと思うので、すると、八月《やつき》ぶりかと……」

「そうそう、確か、三日か四日、いや、五日だったっけ？　へえェ、あれからもう八月《やつき》か……。光輝ちゃん、すっかり大きくなっただろうね。生まれたのが去年の十月ってことは、二歳になるのか……。あの頃の赤ん坊って、ほんの一月《ひとつき》が言えない（成長が早い）からね。見る度に大きくなり、しっかりしてくるってもんで、きっと、今頃は伝い歩きをしているだろうさ！」

お葉が目を細める。

清太郎は甚三郎の先妻が産んだ子で、お葉自身は一度も子を産んだことがない。

が、お葉も女《おな》ご……。口にこそ出して言わないが、甚三郎との間に子が生まれていたら……、と後《うし》ろ髪を引かれなくもないのであろう。

龍之介がお葉の表情を見て、慌てて話題を替える。

「では、お言葉に甘え、久々に茂輝《しげき》の話し相手でもしてやりましょう……。もしかすると、夕餉《ゆうげ》を頂いて帰るかもしれません」

「何言ってんだよ！　夕餉なんて言わないで、泊《と》まってきたっていいんだよ。道場のほうには千駄木から直接廻ればいいんだからさ」

お葉が明るい声を返す。

龍之介はほっと息を吐き、では、場合によってはそうさせてもらうかもしれません、と答えた。

八月《やつき》ぶりに目にした光輝はずいぶんと目鼻立ちがしっかりとして、内田家に婿養子に入った後、昨年十月に亡くなった腹違いの弟哲之助《てつのすけ》の幼い頃に、面差しがますます似てきたように思えた。

龍之介がそう言うと、兄の忠兵衛がでれりと相好《そうごう》を崩《くず》し、

「やはり、おぬしもそう思うか？　血は争《あらそ》えないものよのっ！」

と言う。

「兄の茂輝は生まれたての頃から母方の黒田《くろだ》に似ていて、その後も一向に戸田の面影《おもかげ》を見せてくれない……。それ故、少しばかり寂しい想いをしていたのだが、それに引き替え、弟の光輝には戸田の血がはっきりと顕《あらわ》れている……。が、戸田の顔というのであれば、出来るものなら哲之助に似ないで、それがしに似てほしかったのだがな」

すると、嫂《あによめ》の芙美乃《ふみの》がくすりと肩を揺らした。

「また、そのようなことをおっしゃって……。つい先日、二人とも父親似《てておやに》でなくて良かった、と言われたばかりだというのに！　そうですわ、こうも言っておられました。叶うものなら、二人のうちのどちらかが龍之介に似てくれればよかったのにと……」

「ああ、確かに言った……。龍之介は幼い頃から一貫《いっかん》して母方の顔、つまり、亡くなった母の桐生《きりお》に似ているということなのだが、それに引き替え、戸田の血をもろに引き継いだそれがしは厳《いか》つい顔をしているものだから、女《おな》ごに持てた例《ため》しがない……。その点、龍之介は幼い頃より常に女《おな》ごにちやほやされていたからよ……。それで思ったのよ、息子の一人くらい龍之介に似てくれれば苦労しなかったのにと……」

忠兵衛と芙美乃のそんな遣り取りに、龍之介がバツの悪そうな顔をする。

「二人とも、お止《よ》し下さいませ！　わたくしに苦労がなかったとは滅相もない！　わたくしは幼い頃より常に他人《ひと》の顔色ばかり窺っていて、振り返るに、なんと小《こ》賢《ざか》しい子であったかと片腹痛い思いでいるというのに……」

「…………」

忠兵衛と芙美乃が決まり悪そうに顔を見合わせる。

「……………」

「済まぬ。そういう意味で言ったのでは……」

「そうですよ。龍之介さま、気を悪くなさいませんように……」

忠兵衛たちが気を兼ねたのも無理はない。

彼らはつい無駄口を叩いたばかりに、龍之介に夏希《なつき》との苦《にが》い思い出を彷彿《ほうふつ》させたのでは……、と案じたのであろう。

と言うのも、龍之介は伝い歩きを始めたばかりの頃に母桐生を亡くしていて、その後、父藤兵衛《とうべえ》の後添《のちぞ》いに入ったのが、桐生が実家《さと》の黒田家から連れて来た御《お》側《そば》の夏希……。

その夏希が弟の哲之助を産んでからというもの、忠兵衛、龍之介兄弟には、夏希との間で波風の立たなかった日がなかったという苦い思い出があったからである。

夏希の継子《まま こ》苛《いじ》めは陰湿《いんしつ》そのもので、表立っては我が腹を痛めた哲之助に格別厳《きび》しく当たっているかにみえても、裏に廻ると哲之助を溺愛《できあい》し、その偏愛《へんあい》ぶりは当主の藤兵衛が亡くなり、忠兵衛が跡目を継いでからはますます過激になった。

つまり、忠兵衛が跡目を継ぐと同時に龍之介と哲之助は冷飯食いになったわけで、哲之助の行く末を案じた夏希が養子縁組に躍起《やっき》となったのである。

夏希が気が気でなかったのも解らなくはない。

外見から見ても学問や剣術の腕から見ても、誰の目にも龍之介のほうが抜きん出ていて、おまけに性質ときたら、哲之助はどこかしら引っ込み思案《じあん》で、それに気を苛った夏希が龍之介に来た縁談をことごとく婉曲《えんきょく》に断るや、相手の気持を哲之助に向けさせようとしたのである。

ところが、相手方も然《さ》るもの、龍之介に持ってきた縁談なのに、次男が駄目なら三男へとそうそう掌を返せるわけがない。

結句、いつも縁談は流れてしまったのであるが、内田琴乃の場合は夏希もなんと手の込んだことを……。

元々、龍之介と琴乃は相思の仲だったが、龍之介が鷹匠支配戸田家の次男坊で、琴乃も同じく鷹匠支配内田家の娘とあり、共に他家に出なければならない立場にあったため、日毎《ひごと》に募る恋心に、ついに、龍之介は琴乃への想いを断ち切るかのように戸田の家を出ることになってしまったのである。

戸田から分家して家士《かし》となり、琴乃を嫁に貰うことも考えてみたが、龍之介の下には哲之助という弟がいて、継母《ままはは》の夏希のことを考えれば、龍之介だけがそんな我儘《わがまま》を徹すわけにはいかなかった。

それで龍之介は大川《おおかわ》を渡り、道場に通うのに地の利のよい深川《ふかがわ》奥川町の裏店に移ると、手内職として日々堂で代書の仕事をするようになったのである。

自分さえ姿を消せば、琴乃もそのうち諦《あきら》めてくれ、いずれ良縁に恵まれるのではなかろうか……。

龍之介はそう思っていたのである。

ところが、運命とはなんと皮肉なものであろうか……。

龍之介が戸田の家を出た後、琴乃の兄威一郎《いいちろう》が鷹場《たかば》の巡視中に落馬し、急死してしまったのである。

内田家では上を下への大騒動となった。

当主の孫左衛門《まござえもん》は齢《よわい》五十六歳と高齢で、嫡男の威一郎には子がいなかったので、そうなると娘の琴乃に婿を取り、内田家を継がせる以外に手がなくなったのである。

しかも、龍之介が姿を消してからもまだ未練があるとみえ、いまだに、琴乃はどこにも嫁いでいない。

そこで、内田家ではなんとしてでも龍之介を捜《さが》し出し、婿に迎えたいと申し出てきた。

が、このときも夏希が前面に立ち、龍之介は千駄木を出てすぐに所帯を持った、現在《いま》では武家の身分を捨て市井《しせい》の人としてそれなりに幸せに暮らしているので、捜し出すのは龍之介のためにならない、と内田家にそう答えたというではないか……。

しかも、そればかりではない。

内田家が婿養子を欲しがっていると知った夏希は、毎日のように雑司ヶ谷《ぞうしがや》を訪ね、哲之助を婿に迎えてくれないか、と琴乃を説得したというのであるから驚きである。

内田家にしてみれば、共に鷹匠支配の戸田家と縁組することほど悦ばしいことはなかった。

また琴乃にしても、これまでは龍之介がいつか迎えに来てくれると信じ待っていたというのに、すでに妻帯《さいたい》していると聞かされたのでは、もう諦めざるを得ない。

そうして、琴乃は夏希に騙《だま》された形で泣く泣く哲之助と祝言を挙げたのであるが、その後も二人の仲はしっくりといかず、結句、哲之助は自棄無茶《やけむちゃ》となって酒に溺《おぼ》れた挙句《あげく》、家士に斬殺《ざんさつ》され、それが原因《もと》で琴乃は仏門へと入ることになったのである。

すべてが、夏希の我が子可愛さゆえの妬心《としん》から起きたこと……。

その夏希も、すでにこの世の人ではない。

そしてこのことは、決して拭《ぬぐ》い去ることの出来ない疵となり、龍之介の胸に現在《いま》も深く根を下ろしているのだった。

一瞬、翳りの差したその場の空気に、芙美乃がさっと機転《きてん》を利かせる。

「ねっ、見てやって下さいませ！　光輝ったら、這《は》い這いばかりか、摑まり立ちが出来るようになったのですよ」

芙美乃はそう言うと、光輝を畳《たたみ》の上に腹這《はらば》いにさせ、少し離れた位置から、おいで、おいでをしてみせた。

「光輝！　さあ、母の許にいらっしゃいませ！」

光輝が両腕をついて頭を上げ、芙美乃に向かって前進する。

「おう、上手《うま》い、上手い！　でかしたぞ、光輝！」

忠兵衛も嬉しそうに囃《はや》し立てる。

龍之介の胸にカッと熱いものが衝《つ》き上げてきた。

これが、夫婦《めおと》の幸せというものなのだ……。

龍之介の脳裡《のうり》に、琴乃の寂しそうな面差しがつっと過《よ》ぎる。

済まない、琴乃どの……。

龍之介は口の中で呟くと、ハッとしたように手を打った。

「光輝、偉いぞ！　おっ、立っちも出来るのか？」

龍之介は芙美乃の手に摑まり立ち上がろうとする光輝に、感極《かんきわ》まったように喝采《かっさい》を送った。


「今宵の秋野菜の炊き合わせと秋刀魚《さんま》ご飯《はん》は最高でしたね！　秋刀魚をあのようにして頂くとは思ってもみませんでした」

龍之介が膳を下げに来た婢《はしため》の久米《くめ》にそう言うと、久米は嬉しそうに頰を弛めた。

「そう言っていただけると、板頭も悦びますわ」

「確か、久米の甥と聞いたが……」

「ええ、こちらに引き取ってもらい、かれこれ一年になるのですけどね」

すると、芙美乃が割って入る。

「本当に良い男《ひと》に来ていただけて……。こうして我が屋敷にいながら、毎日、平《ひら》清《せい》の風味合が味わえるなんて、なんだか罰《ばち》が当たりそうですわ！　もっとも、平清のときと違って、ここでは食材に限りがありますので、鶴次《つるじ》には物足りないのでしょうがね……。とにかく、一番悦んでおられるのが旦那さまで、あまり成《な》口ではないというのに、鶴次の料理を前にすると、つい、御酒《ごしゅ》が進むと……。ねっ、そうですわね？」

芙美乃に目まじされ、忠兵衛が目許《めもと》を弛める。

「ああ、この頃では、朝餉を済ませたばかりというのに、もう夕餉のお菜《さい》はなんだろうかと胸をわくわくさせるほどでよ……。こんなことはあの男が来るまでなかったことなので、まったく、良き料理人に恵まれたと思ってよ！」

忠兵衛にそう言われ、久米がますます恐縮する。

「いいえ、お礼を言わなければならないのは、わたくしどもでして……。あの子（鶴次）、これといった失態《しったい》があったわけでもないのに平清から暇を出され、つくづく、料理人同士が鎬《しのぎ》を削《けず》ることに嫌気《いやけ》がさしていたのでしょうね……。他の見世に移って再び鍔迫《つばぜ》り合いを繰り返すよりも、食して下さる方々の顔を見ながら、日々、満足のいく料理を作りたいと言いましてね……。わたくしがその話を聞いたのが、たまたま千駄木屋敷の料理人が辞《じ》したばかりのところでした。それで、武家屋敷の賄《まかな》い方で我が腕を揮《ふる》う手もあるのではないかと声をかけてみましたところ、本人も乗り気になってくれましてね……」

「では、久米の機転のお陰で、戸田の家からも鶴次さんからも悦んでもらえたってわけか……。でかしたではないか、久米！」

龍之介が茶化《ちゃか》したように言うと、久米は恥ずかしそうに肩を丸めた。

「嫌ですよ！　龍之介さままでがそんなことを……。けれども、差出をしたと責められるより、そうしてお褒めの言葉を頂けるほうが嬉しゅうございます」

「だが、平清も莫迦なことをしたものよ！　こんなに凄腕《すごうで》の料理人を手放すなんてよ……。おおかた、今頃は三百落としたような気になっているのじゃないか？」

「さあ……。それがばかりはなんとも言えませんけどね。わたくしが小耳に挟んだ話によりますと、なんでも、次期花板《はないた》の座を巡って、現在《いま》の板頭と鶴次、それにもう一人の板脇《いたわき》の三人が向こうを張っていたとか……。その角逐《かくちく》も料理のうえでというのならよいのですが、相手を蹴落《けお》とそうと手段を選ばず、あらぬ噂を流してみたり、平清の御亭にあることないこと耳こすりしてみたりと、鶴次もほとほと辟易《へきえき》していたそうでしてね……。それで、鶴次は自ら身を退《ひ》くことを決意したというわけでして……」

久米が辛そうに眉根《まゆね》を寄せる。

ああ……、と龍之介はどきっと胸を突かれた。

川添道場で師範代の座を巡り、龍之介と三崎小弥太、田邊朔之助の三人が争ったときのことを思い出したのである。

あのときは、師匠川添観斎《かんさい》の病状が悪化したため、当時の師範代高瀬《たかせ》耕作が観斎の一人娘香穂と祝言を挙げて跡目を継ぐや、空席となった師範代の座を三人で競《きそ》うことになったのであるが、正な話、龍之介には片腹痛い話だった。

と言うのも、龍之介は琴乃とのことがあり闇雲《やみくも》に戸田の家を飛び出してきただけで、元々、剣術一筋で生きていこうという腹があったわけでもなく、かと言って、今後どういう生き方をすべきなのか、それすら決めかねていたのである。

片や、田邊は無役の五十俵小普請組《こぶしんぐみ》の婿ときて、年中三界、女房や姑《しゅうとめ》から、立身が無理なら剣術で身を立てろ、と尻を叩かれているという。

そして、三崎小弥太……。

小弥太は龍之介や田邊と腕は互角《ごかく》だが、三十俵二人扶持の冷飯食いというのに、立身したいのかしたくないのか、何を考えているのか一向に解りかねる。

ならば、気の進まない龍之介があっさりと身を退き、田邊と三崎の二人に師範代の座を競わせればよい……。

と、そんなふうに龍之介はのらりくらりと態度を決めかね、どちらかといえば逃げ腰だったのであるが、なんと、田邊のほうから行動を起こしたではないか……。

観斎の病状が悪化し、いよいよ一日も早く次期師範代を決めなければならなくなったある日のこと、龍之介が田邊に要律寺《ようりつじ》の境内《けいだい》に呼び出され、真のことを申せ！　と迫《せま》られたのである。

そこで、龍之介は耕作から内密に打診されただけで、まだ決まったわけではないと答えた。

ところが驚いたことに、田邊は恥も外聞《がいぶん》もかなぐり捨て、必死の形相《ぎょうそう》をして頭を下げたではないか……。

「俺は女房や姑の手前、何がなんでもおぬしに負けるわけにはいかないのだ！　なっ、解ってくれよ、戸田……」

田邊は縋《すが》るような目で龍之介を見た。

「止せ！　止めるんだ」

「頼む。師匠のご意思であろうと、方法はある！　何か理由をつけておぬしに辞退してもらうことは出来ないだろうか……。三崎はすでに諦めたようだが、俺は後に退けないんだ。解ってくれ、このとおりだ……」

ああ……、と龍之介は目を閉じた。

田邊はここまで師範代の座に固執《こしつ》しているというのに、俺はどうだろう。どだい、師範代になることを望んでもいなければ、妻子もおらず、護《まも》る人もいない……。

「師匠や師範代が納得して下さるかどうか解らないが、おぬしを師範代にするように説得してみよう」

龍之介がそう言うと、田邊はやっと安堵の息を……。

半月後、観斎は息を引き取った。

その日、知らせを聞いて急ぎ松井町に駆けつけると、道場で待ち構えていた田邊が龍之介の耳許で囁いた。

「おい、いよいよだ。戸田、改めて礼を言うぞ。師匠の葬儀を滞《とどこお》りなく終え、その後、師範代が道場主になると同時に、俺が師範代を継承《けいしょう》することとなった」

「えっ、だが、まだ正式なお許しが……」

「それが、出たのよ。夕べな……」

どうやら、観斎の臨終《りんじゅう》をここ数日と見た田邊は、道場に寝泊まりして耕作の歓心《かんしん》を買おうとしていたようである。

「昨夜、師範代が、やはり、やる気のある者にやらせるのが筋であろう、当初は戸田にと思ったが、あの者はどこかしら熱意が足りぬ……、とそうおっしゃってのっ。まっ、俺も二度と遊里に脚を向けない、今後は、剣術一筋に全《まっと》うすると一札《いっさつ》入れたのだがよ。おっ、ここで立ち話をしていても埒《らち》が明かぬ。早く、師匠に最後の別れを……」

田邊は鼻柱《はなばしら》に帆《ほ》を引っかけた（自慢げ）みたいな顔をして、ポンと龍之介の肩を叩いた。

そうして、観斎の亡骸《なきがら》を前に、改まったように龍之介は耕作から念を押されることに……。

「思うに、師匠は道場の行く末を見届けられ、安堵して息を引き取られたのだろうて……。戸田、これで良かったのだな？　師匠を前にして改めて訊ねるが、次期師範代は田邊でいいのだな？」

「はい。武士に二言はございません。それに、これだけは申し上げておきます。わたくしは田邊が師範代となった暁《あかつき》も、これまで通り、助手を務めさせていただきとうございます。先日、三崎とも話しましたが、三崎もそのつもりでおりますゆえ、どうか、ご安心下さいませ」

と、こんなふうに、川添道場の継承は比較的すんなりと運んだかに見えた。

が、果たして、小弥太の胸の内で大風が吹かなかったかといえば、そうでもない。

それが証拠に、田邊が師範代になってからというもの、門弟に稽古をつけていても小弥太がどこかしら投げ遣りにみえ、挙句の果て、桜木家との縁談に飛びついてしまったではないか……。

むろん、小弥太が桜木家に入ったのは、登和に惚れたということが最大の理由であろう。

が、龍之介には、一日でも早く冷飯食いの立場を脱したいという想いが、より強く、小弥太の胸を動かしたように思えてならなかった。

一道場の継承を巡ってもおいそれといかないというのに、料理人の世界ではましてや……。

鶴次が平清の板頭の座を抛《なげう》つ覚悟を決めたのには、一概《いちがい》には言えない、それなりの理由《わけ》があったに違いない。

「だが、勿体《もったい》ないことをしたものよのう……。あのまま平清にいれば、今頃は花板として鼻高々でいられたものを……」

忠兵衛がちらと龍之介の顔を窺う。

龍之介の胸がきやりと音を立てた。

まさか、兄上は当て擦りのつもりで鶴次のことを言われたわけではなかろう……。

が、臑《すね》に傷持つ龍之介にしてみれば、それはぐさりと胸を刺すひと言であった。

「あら、鶴次が平清を辞めたお陰で、わたくしたちがこのように美味《おい》しいものを食すことが出来るのではないですか！　秋野菜の炊き合わせなんて、一見、さして手が込んでいないかにみえて、茄子《なす》や蓮根といった野菜をそれぞれ別に煮て、煮汁ごとひと晩つけ置いて、翌日、すべての材料を混ぜ合わせてもう一度煮る……。そんな大層な手間をかけているからこそ、それぞれの野菜が持つ風味合が際立《きわだ》つというもの……。通常は、そんな手間をかけませんからね」

芙美乃が割って入り、龍之介がほっと息を吐く。

「解っておる、解っておって言っているのだ……。それより、龍之介、話というのはなんだ？」

忠兵衛が改まったように、龍之介に目を据える。

「ええ、そのことなのですが……」

龍之介は箸《はし》を膳に戻した。

「では、書斎で聞こうではないか。芙美乃、書斎に茶を運んでくれ」

忠兵衛がおもむろに立ち上がり、龍之介も後に続く。

向かいに坐った茂輝が、叔父上《おじうえ》、今宵はお泊まりになるのですよね？　と声をかけてくる。

「ああ、そのつもりだ。茂輝とはあとでゆっくり話そうな！」

そう言ってやると、茂輝は嬉しそうにパッと目を輝かせた。

「ほう、門番同心番頭の桜木家とな……。生憎、蔵奉行には知り人《びと》がおらぬが、蔵奉行は勘定奉行配下で、勘定吟味役《ぎんみやく》に戸塚《とづか》どのがおられる……。よし、解った！　桜木家で何事か起きていないか、それとなく探ってみることにしよう。が、すぐのすぐというわけにはいかないぞ」

忠兵衛が書斎の障子を開け、中庭に目をやる。

「はい。お手数でしょうが、そうしていただけると助かります。なにぶん、わたくしの手には負《お》えないものでして……」

「だが、奇妙なことよのっ。入り婿になった男が一廻り以上も消息を絶《た》つとは……。そなたとは随分《ずいぶん》と親しくしていた男のようだが、何か心当たりはないのか？」

「それが、あの者が桜木家に入ってからこの一年、音信不通で何ひとつ消息が判らず終いで……。いえ、判っていることは、この春、嫡男が生まれたということただ一つ……」

龍之介が言い淀《よど》む。

「なに、この春、子が生まれたと？　はて……」

龍之介は言葉に詰まった。

小弥太が桜木家に入ることになった経緯や、もしかすると登和が産んだ子は小弥太の子ではないかもしれないなどと、そんなことが龍之介の口から言えるわけがない……。

「何やら、理由《わけ》ありの話とみたが……」

どうやら、忠兵衛も何か察したとみえ、それ以上は追及しようとしなかった。

「秋も闌《たけなわ》だのっ……」

再び、忠兵衛は中庭へと目を戻した。

石灯籠《いしどうろう》の灯《ひ》に蹲踞《つくばい》が照らされ、それらを取り囲むように荻《おぎ》や油芒《あぶらすすき》、狗尾草《えのころぐさ》が……。

「おお、そう言えば、来月は哲之助の一周忌……。芙美乃が申すには、この際、哲之助の墓を戸田で引き取ってはどうかと……」

えっと、龍之介が忠兵衛の傍に躙《にじ》り寄る。

「そんなことをして、内田家ではどう思われるでしょう」

「まだ申し出たわけではない。内田がなんと答えるか判らぬが、案外、胸を撫《な》で下ろすのではないかと思うてな……」

ああ……、と龍之介は目を閉じた。

琴乃が内田家にいるのであれば別だが、今や、琴乃は尼寺五山《あまでらごさん》の一つ、鎌倉《かまくら》の東慶寺《とうけいじ》に出家してしまっている。

むろん、今後も東慶寺にて琴乃が哲之助の御霊《みたま》を弔《とむら》っていくのであろうが、哲之助の墓は雑司ヶ谷の内田家の墓地……。

現在《いま》では、内田家には琴乃の従弟《いとこ》に当たる男が養嗣子《ようしし》として入っていて、近々《ちかぢか》、跡目を継がせるという。

孫左衛門が息災なうちは現在《いま》のままでよいとしても、孫左衛門亡き後、哲之助の墓は誰が護ることになるのであろう。

なるほど、それで、芙美乃が哲之助の墓を戸田家の菩提寺《ぼだいじ》に移してはどうかと言い出したのであろう。

「兄上、是非、そうなさいませ！　内田もその件に関しては駄目だと言わないでしょう」

龍之介が忠兵衛の目を瞠める。

忠兵衛が眉を開き、満足そうに頷く。

「そうよのっ。そうしてやれば、さぞや、義母上《ははうえ》もお悦びになるだろうて……」

龍之介の眼窩《がんか》に、夏希の権高《けんだか》い顔がつと過ぎる。

その刹那《せつな》、さわさわと草木が風にそよぎ、荻の葉先が一斉《いっせい》に揺れた。

なんと、荻の葉ずれ音が、まるで夏希の悦びの声のようではないか……。

龍之介は忠兵衛に向かってきっぱりと言い切った。

「兄上、きっと、きっとですからね！」

第二章　冬ざるる

桜木小弥太の消息は霜月《しもつき》（十一月）に入っても杳《よう》として知れなかった。

そして今日は十一月十五日とあり、早朝から門前仲町《もんぜんなかちょう》の通りは深川八幡宮《はちまんぐう》への参拝《さんぱい》客が引きも切らず、まるで芋《いも》の子を洗うよう……。

この日は三歳児の髪置《かみおき》、五歳男児の袴着《はかまぎ》、七歳女児の帯解《おびとき》を祝う日で、親戚縁者が一張羅《いっちょうら》を纏《まと》って神社に詣《まい》り、子供が無事に成長してくれるようにと神に祈るのだった。

見ると、彼らは一様《いちよう》に千歳飴《ちとせあめ》の袋を握っていて、その数が半端《はんぱ》でないのは、恐らく寿《ことほ》いでくれた家々に挨拶廻《あいさつまわ》りをするためなのであろう。

六助はその人立《ひとだち》を縫《ぬ》うようにして日々堂に駆《か》け込むや腰を折り、はっ、はっ、と荒い息を吐《つ》いた。

なんと、六助の手には、千歳飴の袋が……。

「六、どうしてェ！」

与一が訝《いぶか》しそうに千歳飴の袋を顎《あご》で指《さ》す。

「これ？　ああ……」

六助が腰を起こし、照れ臭そうにへへっと肩を竦《すく》める。

「川崎屋《かわさきや》の娘っ子が七歳の帯解だとかで、こちとら文《ふみ》を届けただけだというのに、どうしても持って帰《けえ》ってくれと……。あっしがこんなものを貰《もら》ったところでどうしようもねえんだが、祝儀《しゅうぎ》だと出されたものをまさか突き返《けえ》すわけにもいかねえもんだから、こうして貰ってきたってわけで……」

「川崎屋って、蛤町の煎餅屋《せんべいや》の？」

「あそこにそんな娘がいたっけな？」

「ああ、いるいる！　嫁に出た娘が、去年、姑《しゅうとめ》去《ざ》りされて、孫を連れて戻って来たと聞きやしたからね」

「あい、合点承知《がってんしょうち》の助《すけ》！　そりゃ、験《げん》を担《かつ》ぐ意味でも、関係のねえ町小使《まちこづかい》（飛脚《ひきゃく》）にまで祝儀《くば》を配りたくなるわな？」

集配室にいた町小使が口々に言い、相伴《しょうばん》に与《あずか》ろうと寄って来る。

六助は千歳飴の袋から飴を取り出すと、適当な大きさに千切《ちぎ》り、食いな、と皆を促《うなが》した。

「疲れたときには、甘《あめ》ェもんに限るからよ！」

「そういうこと！　おっ、馳走《ごち》になるぜ……」

「有難山《ありがたやま》の時鳥《ほととぎす》！」

「へっ、忝茄子《かたじけなすび》！」

すると、見世《みせ》の物騒がしさを聞きつけ、帳場から友造が顔を出した。

「おめえら、何を騒いでやがる！　飴ごときで騒ぐとは、みっともねえったらありゃしねえ……」

友造の鶴《つる》の一声《ひとこえ》で、見世の中が水を打ったように静まる。

が、千歳飴ひとつで、町小使が燥《はしや》ぎたくなる気持も解《わか》らなくもなかった。

彼らは十四、五歳の頃から親許《おやもと》を離れ、以来、年中三界《ねんじゅうさんがい》、席の暖まる暇がないほど我勢《がせい》（頑張り）してきて、そのため、年中行事とは関わりのない暮らしを余儀《よぎ》なくされてきているのである。

お葉はそれを案じ、日々堂の女将《おかみ》となってから今日まで、極力《きょくりょく》、彼らに雰囲気だけでも味わわせてやろうと、正月三が日の祝膳《いわいぜん》をはじめとして、小正月の小豆粥《あずきがゆ》、二月の事始《ことはじめ》、事納《ことおさめ》のお事汁《ことじる》、そして雛祭《ひなまつり》にはちらし寿司《ずし》や貝の汁、また端午《たんご》の節句《せっく》には柏餅《かしわもち》をと店衆《たなし》に振る舞ってきたのだった。

ところが、こと七五三となると、子供に縁の薄い日々堂では、如何《いかん》ともしがたい。

何しろ、日々堂で子供といえば清太郎ただ一人……。

その清太郎も、お葉が甚三郎の後添《のちぞ》いとして日々堂に入ったときにはすでに六歳になっていて、そのため七五三の祝いとはこれまで縁がなく、頭の片隅《かたすみ》にも置いていなかったのである。

従って、今までは別に気にも留《と》めずに遣《や》り過ごしてきたのであろうが、まさか、千歳飴ひとつで、これほど店衆が燥ぐとは……。

先つ頃《さいごろ》、次期宰領《さいりょう》（大番頭格）の自覚に目覚めてきたばかりの友造には、そんな店衆を見てもどう反応すればよいのか判《わか》らず、どうやら戸惑《とまど》っているようである。

と、そこに、出先から佐之助が戻って来た。

佐之助は見世に入ると、店衆が気ぶっせいな顔をしているのに気づき、怪訝《けげん》そうに皆を見廻《みまわ》した。

「どうしてェ、何かあったのか？」

友造が慌てる。

「なに、どうってことはねえのよ。ただ、こいつらが店先で騒いでやがったもんだから、ちょいと叱《しか》りつけてやったってわけで……」

佐之助はなァんだといった顔をした。

「それより、戸田さまは？」

「戸田さまは今日は道場のほうだが……」

「あっ、そっか……」

佐之助が困《こう》じ果てた顔をする。

「えっ、おめえ、もしかして桜木屋敷のことで何か判ったんだな？」

友造がそう言うと、佐之助が他の店衆にちらと目をやり、頷《うなず》いてみせる。

「じゃ、早く、女将さんに知らせな！」

「けど、戸田さまがいねえんじゃ……」

「そりゃそうだが、女将さんだって、おめえが桜木屋敷のことを探《さぐ》ってくるのをずっと待っていなさったんだからよ」

「ああ、解った……。で、現在《いま》、奥には女将さんと宰領の二人だけが？」

「ああ、たぶん、そうだろうと思うぜ」

佐之助は改まったように深呼吸すると、奥へと入って行った。

佐之助が龍之介に桜木屋敷のことで何か判ったら知らせてくれと頼まれたのは、一月《ひとつき》半前のこと……。

それなのに今日まで何も摑《つか》めなかったのは、桜木屋敷に魚を納める男が病《やまい》で寝込んでしまったからである。

佐之助は気を苛《いら》ったがどうにもならず、出入りの前菜《ぜんさい》売り（瓜《うり》や茄子《なす》など一、二種のみの野菜を売る者）、小間物屋、乾物屋など片っ端《ぱし》から当たった挙句《あげく》、やっと今日になって、通用門から出て来た俗按摩《ぞくあんま》（頭を丸めていない素人《しろうと》按摩）に接触することが出来たのだった。

その男は倉蔵《くらぞう》といい、住まいのある六間堀町《ろっけんぼりちょう》の仕舞《しも》た屋には佐之助も何度か文の配達をしたことがあり、倉蔵とは顔見知りだったのが幸いした。

倉蔵は佐之助が声をかけると驚いたといった顔をしたが、喉《のど》がからついたので付き合ってくれないかと佐之助が茶店に誘うと、快《こころよ》く応じてくれた。

「驚いたぜ！　まさか、おめえさんが桜木屋敷に出入りしてたとはよ……」

六間堀沿いの茶店に入り、佐之助がそう水を向けると、倉蔵は照れ臭そうな笑《え》みを見せた。

「あたしは足力《そくりき》（主に足で客の腰や脚《あし》を揉《も》む按摩）ですからな。それに、鍼《はり》や灸《きゅう》も出来るってんで、桜木の旦那さまには贔屓《ひいき》にしてもらってやして……。あっ、旦那さまといっても、現在《いま》のご隠居さまだけどよ……。どういう理由《わけ》か、ご隠居が座頭《ざとう》や勾当《こうとう》は性《しょう》に合わぬ、目明《めあ》きでないと安心できない、とそう言われるもんだからよ……」

と、こんな具合に、佐之助が訊《たず》ねるまでもなく倉蔵のほうから桜木の内部事情を話してくれたのも、物怪《もっけ》の幸いだった。

「そいつァ凄《すげ》ェじゃねえか！　聞いた話じゃ、あそこの旦那、いや、現在《いま》はご隠居さまか……。とにかく、ずいぶんと鉄梃親父《かなてこおやじ》らしいが、そんな男に気に入られているとは大《てえ》したもんだぜ！　よっぽど、おめえさんの腕に惚《ほ》れ込んでるとみえるな」

佐之助がお髭《ひげ》の塵《ちり》を払うようにそう言うと、倉蔵はますます鼻柱《はなばしら》に帆《ほ》を引っかけたよう（自慢げ）な顔をした。

「なに、鉄梃ほど、逆に扱いやすいってもんでよ……。こちとら、どう言ってやると相手が気をよくするか解っているもんだから、何事も抗《あらが》うことなく襟《えり》につ いた態度で接してやるのよ……。そうすりゃ、自《おの》ずと相手も気を許してくれるし、一旦《いったん》、気を許したらもうこっちのもので、あとは巧《うめ》ェ具合《ぐえい》に掌《てのひら》で遊ばせてやるってもんでよ……。一方、今度入《へえ》った婿《むこ》ってのが根っからの小心者《しょうしんもの》で、桜木家の当主とは名ばかり……。舅《しゅうと》や嫁から虚仮《こけ》にされても言いなり三宝《さんぼう》！　見ていると、気の毒なくれェでよ……」

「虚仮にされるって、そりゃまたどういうことなのかよ！」

佐之助が興味津々《きょうみしんしん》とばかりに身を乗り出すと、倉蔵もよほど誰かに言いたくてうずうずしていたとみえ、さっと四囲《しい》に目を配り、ここだけの話だがよ……、と傍《そば》に寄るように目まじした。

倉蔵から話を聞いた佐之助は、腸《はらわた》が煮《に》えくりかえるような想《おも》いだった。

それで一刻《いっこく》も早く龍之介にそのことを伝えたくて、倉蔵と別れてそうそう、黒江町へと戻って来たのである。

「ただ今戻りやした」

佐之助が茶の間の外から声をかけると、お葉が、お入り、と答えた。

お葉は佐之助の顔を見るや、あっと目の色を変えた。

「何か判ったんだね？」

お葉が手招きすると、長火鉢《ながひばち》の傍にいた正蔵が慌てて佐之助の坐《すわ》る場所を作る。

「戸田さまがまだ戻ってねえとか……」

佐之助がそう言うと、お葉と正蔵はさっと顔を見合わせた。

「どうする?」

「さあて……。本当は戸田さまが戻って来るまで待っていたほうがいいんだろうが、さりとて、あっしらも犬じゃねえからよ……。お預けというのもなあ……」

すると、お葉が意を決したように、ポンと手を打った。

「よいてや! 聞こうじゃないか……。ここ一月《ひとつき》半というもの、小弥太って男の消息が判らないまま、あたしら、気が気じゃなかったんだからさ……。とにかく、一刻も早く、現在《いま》判っていることだけでも聞かせてもらわないと、居ても立ってもいられないからさ」

正蔵も大仰《おおぎょう》に相槌《あいづち》を打つ。

「佐之助には二度手間になるかもしれねえが、現在《いま》は四の五の言ってる場合じゃねえ! さあ、聞かせてもらおうか……」

お葉と正蔵がさあ聞こうじゃないかと身構えたそのときである。

まるで計《はか》ったかのように、龍之介が大股《おおまた》に廊下を蹴《け》り上げるようにして、茶の間に飛び込んで来た。

「佐之助が何か掴んだんだって？」

「ああ、丁度《ちょうど》良かった！　そうなんだよ。戸田さまが戻って来るのが待ちきれなくて、たった今、話を聞こうと思ってたんだよ……」

お葉が早く坐れと龍之介を促す。

「そいつァ、間に合って良かったぜ！　済まねえ、女将、茶を一杯《いっぺえ》くれねえか……」

「あいよ！」

龍之介はお葉が茶の仕度《したく》をする間も待ちきれないとばかりに、佐之助にせっついた。

「実はよ、俺も千駄木の兄からの言伝《ことづて》を貰ったばかりなんだが、まずは、佐之助の話から聞こうじゃないか……。さっ、話してくれ！　で、何が判った？」

佐之助がおもむろに皆を見廻す。

「へっ……。ずいぶんと手間取っちまって申し訳なかったが、やっと、桜木屋敷に出入りする俗按摩から話を聞くことが出来やしてね……」

「俗按摩？　ほう、俗按摩とは……」

龍之介が怪訝な顔をすると、お葉が長火鉢の猫板《ねこいた》に湯呑《ゆのみ》を置き、

「目明きの按摩のことさ！」

と、仕こなし顔に言う。

すると、正蔵が訳知り顔に、お葉に取って代わった。

「通常、按摩というと、咄嗟《とっさ》に盲人を頭に描きやすよね？　確かに、按摩と言ヤ、盲人の生業《なりわい》……。けどよ、座頭、勾当、別当《べっとう》、検校《けんぎょう》といった官位を持たねえ按摩も結構いてよ……。その中には目明きもいて、そいつらを十把一絡《じっぱひとから》げに俗按摩と呼んでるってことでよ……」

「へえェ、そうなんだ……。だが、よくそんな男を摑まえることが出来たものよ」

龍之介がそう言うと、佐之助がよくぞ訊《き》いてくれたとばかりに、ひと膝《ひざ》乗り出す。

「倉蔵という男なんでやすがね。六間堀町の仕舞た屋で女房と一緒に足力の床を

持っていて、女房が鍼専門の床見世《とこみせ》をやっていて、倉蔵が得意先廻り……。そこに、あっしが文を届けたことがありやしてね。そんな理由《わけ》で、これまで顔を合わせる度《たび》にぐだ咄《ばなし》のひとつも叩《たた》いていたもんだから、桜木屋敷の通用口から出て来た奴を見て、あっしはぼた餅《もち》で叩かれたように舞い上がりやしてね……。というのも、当てにしていた魚屋が先つ頃《さい》病の床に就《つ》き、出入りの前菜屋や乾物屋からも、思うように話が聞き出せねえ……。戸田さまや女将さんの前で委《まか》せておけと安請合《やすうけあ》いをしちまった手前《てめえ》、どうすりゃいいのかと途方《とほう》に暮れていたときだっただけに、藁《わら》をも摑む思いでそれとなく水を向けてみたところ、これが思いの外《ほか》、ぺらぺら、ぺらぺら竹に油を塗《ぬ》ったかみてェに話してくれやしてね……」

　佐之助はそう言い、倉蔵から聞いてきたことをつぶさに話して聞かせた。

「ほう……。小弥太が舅や嫁から虚仮にされているとな？　確かに、虚仮にされていると聞いたんだな？　で、虚仮にされるとは、一体、何を以《もっ》てそう思うのか、そいつもちゃんと訊いたのであろうな？」

　龍之介が声を荒らげると、佐之助は怯《ひる》んだように上目《うわめ》に皆を窺《うかが》い、へい……、と頷いた。

「といっても、倉蔵が直接ご隠居の口から聞いたというわけじゃなく、婢《はしため》や下男が陰口を叩いているのを耳にしただけなんでやすがね……。あの屋敷じゃ、主人《あるじ》一家が手廻《てまわり》（武家の下僕）に嫌われ、褒《ほ》めそやす者なんて誰一人としていねえとかで、寄ると触ると悪口三昧《わるくちざんめえ》……。あるとき、倉蔵が按摩を終えて暇《いとま》しようとしたら、たまたま水口《みずぐち》で口っ叩きしていた婢たちに摑まっちまったそうで……。それで、それとなく口裏《くちうら》を合わせていると、なんと天骨《てんこち》もねえことを聞いてしまい、倉蔵は色を失ったそうでやしてね……。というのも、婢たちが口を揃《そろ》えて、旦那がお気の毒……、あっ、旦那というのが、小弥太という婿養子なんでやすがね、その小弥太って男のことを、よくもまあ、あそこまで虚仮にされて黙っていられるものだ、と皮肉たっぷりな言い方をしたそうで……。倉蔵には婢がなんのことを言っているのか理解できないもんだから、何を以てそんなことを言うのかと質《ただ》したら、なんと、登和という女《おな》ごにはもう何年も前から他に好いた男がいて、現在《いま》の亭主と祝言《しゅうげん》を挙《あ》げてからも、一廻り《ひとまわ》（一週間）に一度はその男と密会を続けているというのに見て見ぬ振りを徹《とお》し、いくら夫婦《めおと》になる前からの約束事といっても、一旦、桜木家に入ったからには女房が不義を働いてよいはずがない、それなのに、それを認める旦那さまの気がしれない……、と亭主のことまで口汚《くちぎたな》く誹《そし》ったそうでやしてね。倉蔵は聞いていて身の毛が弥立《よだ》つような想いに陥ったそうで……」

佐之助はそこまで言うと、わざとらしく身顫《みぶる》いし、さらに続けた。

「倉蔵はそれまでに二度ほど登和という女《おな》ごを遠目に見たことがあるそうでやしてね……。それはそれは見目艶《みめあで》やかな姿に言葉を失い、この世にあんな美印《びじるし》（美人）がいたとは信じられず、あんな女《おな》ごを女房に持てた小弥太という男はなんと果報者《かほうもの》なのだろうかと羨《うらや》ましく思っていただけに、それこそ崖《がけ》から突き落とされたような気がしたと……。そう、ご隠居のことも言ってやした……。これまで長年按摩をさせてもらい、頑固一徹《がんこいってつ》で何事にも筋を通す男と思っていただけに、実態を知って、冷水をぶっかけられたような想いだったと……。だって、そうじゃありやせんか？　誰が考えたって、娘が不義を働いているのを知ってい て、黙ってそれを許す親がどこにいようかよ！　まっ、亭主のほうは入り婿の立場として女房に厳《きび》しいことが言えねえのかもしれねえが、父親《てておや》なら娘の不正を糺《ただ》すのは当然のこと……。そう思い、倉蔵は喉元《のどもと》まで出かけていたことを思い切って言葉にしたそうで……。奥方と旦那さまの間に赤児《やや》が生まれたと聞いているが、では、その子は一体誰の子かと……。そうしたら、婢たちがなんと答えたと思いやす？」

佐之助が意味ありげな目をして、皆を見廻す。

「…………」

「…………」

「…………」

龍之介もお葉も、正蔵までが、口先まで出かけた言葉をぐいと呑《の》み込んだ。

佐之助から聞かなくても、その答えは解っていたのである。

が、佐之助は鼻に皺《しわ》を寄せて続けた。

「なんと、誰一人として、旦那さまの子と言わなかったとか……」

再び、茶の間に沈黙が……。

すると、佐之助がとほんとした顔をした。

その顔は、何故《なぜ》もっと驚かないのかといった顔である。

「えっ、誰も驚かねえんで？」

龍之介は困じ果てたように苦笑《にがわら》いした。

「済まねえ……。実は、そのことはすでに知っていたのよ。いや、知っていたといえば語弊《ごへい》がある……。そうではなくて、もしかすると、小弥太の子ではないのではと疑っていたというのが、本当のところなんだがよ」

佐之助は不服そうに、ぷっと頬《ほお》を膨《ふく》らせた。

「なんでェ、知ってたのなら、わざわざあっしに探らせるこたァなかったじゃねえか……」

「ごめん、ごめん、佐之助、そんな膨れっ面《つら》をするもんじゃないよ……。いえね、疑ってはいたんだが、何もかもが憶測《おくそく》にすぎなかったものでね。けど、佐之助は家人《かじん》のすぐ傍にいる婢たちから聞いてきてくれたんだもの……。これほど確かなことはないからね。といっても、それが判っただけでは、小弥太って男《ひと》が何ゆえ姿を消したのかまでは判らない……。だって、そろそろ二月《ふたつき》になろうとするんだからさ！」

お葉が申し訳なさそうに佐之助を宥《なだ》め、改まったように龍之介に目を据《す》える。

龍之介は佐之助を瞠《みつ》めた。

「そのことに関して、倉蔵はなんと言っていた？」

佐之助は口惜《くちお》しそうに唇を嚙《か》んだ。

「それが、倉蔵にも判らねえようで……。いえね、この頃うち桜木屋敷で小弥太という男を見掛けねえのには気づいていたが、詳《くわ》しいことまでは何も知っちゃいなかったようで……。というのも、何か知ってねえか、とあっしが水を向けたところ、あいつ、目をまじくじさせやしたからね……。まっ、無理もねえや。倉蔵が桜木屋敷に呼ばれるのは月に一度のことで、しかも、訪ねる度に旦那の姿を目にするわけじゃねえ……。そりゃそうでやしょう？　あいつはご隠居の按摩をするために呼ばれるわけで、別に桜木屋敷を探るためじゃねえんだから……。あっ、でも、あっしから小弥太が失踪《しっそう》したことを聞いて訝しそうな顔をしてたんで、あいつのことだ、きっとこれからは、婢から何か聞き出そうとしてくれると思いやすんで……。済んません、今日の今日ってことにならなくて……」

佐之助が気を兼《か》ねたように肩を丸める。

「いや、いいんだ。佐之助が探ってきてくれたお陰で、これまで疑心暗鬼《ぎしんあんき》だったことが確かなことと判ったのだからよ。それによ、たまたま今日、戸田の兄からも言伝があり、それによると、桜木家では一旦小弥太に譲《ゆず》った家督《かとく》を、当主、病につきという理由で、再び、舅の直右衛門どのに戻したとか……。なっ、これは何を意味すると思う？」

龍之介はそう言うと、お葉を瞠めた。

「えっ……。舅が当主の座に復帰したって……。だが、別に、小弥太の死亡届が出されたってわけではないのだね？」

お葉がどうにも解《げ》せないといった顔をして正蔵に目をやり、続いて龍之介へと……。

「ああ、そういうことだ……。つまり、小弥太はまだ生きているということ……。思うに、桜木屋敷ではお上《かみ》に小弥太が失踪したと届け出られないものだから、取り敢えず、病の床に就いたことにしてときを稼《かせ》ぎ、その間、お務《つと》めに障《さわ》りがないようにと、直右衛門どのが門番同心番頭《ばんがしら》の座に戻られたということ……」

龍之介の言葉を聞き、お葉はほっと安堵《あんど》の息を吐いた。

相も変わらず小弥太の消息は知れないままだが、少なくとも、手討《てう》ちに遭《あ》い、屠《ほふ》られたのではないと判っただけでも有難《ありがた》いと思わなくては……。

「だとすれば、小弥太はどこに消えちまったんだろうか……」

正蔵がぽつりと独《ひと》りごちる。

「…………」

「…………」

「…………」

誰も、何も答えられない。

なんと、結句、振り出しに戻ったにすぎないのである。

霜月も二十日を過ぎると深川各地に寒行僧《かんぎようそう》の姿を見掛けるようになるが、それでなくても秩父颪《ちちぶおろし》が吹き荒《すさ》び身の縮《ちぢ》まるような寒さだというのに、その中で托鉢《たくはつ》する僧の姿に人々は尚《なお》のこと冷え固まり、同時に、今年も残り少ないことを感じさせられるのだった。

また、この頃になると、やたら江戸市中に火事が多くなり、常から火の始末に神経を尖《とが》らせ鳴り立てる、お端女《はしため》のお富《とみ》の雄叫《おたけ》びがいつにも増して大きくなる。

「朝次《あさじ》、この抜作《ぬけさく》が！　あれほど焚《た》き口から目を離しちゃならないと言ってるのに、あたしがちょいと席を外《はず》したら、それをよいことに、もう居眠りかえ！」

「ほら、舟を漕《こ》いじゃって！　そりゃ、焚き口に坐ってりゃ、暖かいもんだから眠くもなるさ……。だからといって、なんのための風呂焚き番だと思ってる！　おまえだって、手過《てあやまち》（失火）なんてもんは、気の弛《ゆる》んだときに起きるものだと知ってるだろう？　焚き口の火を完全に落としてしまうまでは、一瞬の気の弛みも許されないんだからさ！」

と、こんなふうに、それでなくてもどす声（胴間声《どうまごえ》）のお富が甲張《かんば》ったように鳴り立てるのであるから、いかに耳に胼胝《たこ》が出来たといっても、厨《くりや》で立ち働く女衆《おなごし》には堪《たま》ったものではない。

「まただよ……。まったく、お富さんも懲《こ》りないもんだよ。何遍《なんべん》言ったところで、朝次の場合は右から左へと聞き流しちまって、たった今聞いたことも憶《おぼ》えちゃいないというのにさァ！」

おつなが皮肉めいた嗤《わら》いを浮かべ、一月《ひとつき》ほど前にお端女として日々堂の勝手方に入ったばかりの初音《はつね》に目まじしてみせた。

が、初音はおつなが言おうとしていることが解らないとみえ、とほんとした顔をしている。

「ああ、そっか……。おまえはここに来て一月《ひとつき》でまだ解っていないんだろうが、朝次って、図体《ずうたい》ばかり莫迦《ばか》でかくて、縄《なわ》にも蔓《かずら》にもかからない置いて来坊《きぼう》でさ！　何をやらせても愚図《ぐず》なものだから、便り屋の小僧たちにがんぼと蔑《さげす》まれてさァ……。それで仕方がないもんだから、裏方として使われるようになったんだよ。ほら、あいつ、図体が大きいうえに、力だけは人一倍あるだろう？　それで、これまでも薪割《まきわり》や風呂の水汲《く》みといった力仕事をさせていたんだが、女将さんがさァ、朝次に風呂焚き番をさせちゃどうだろうかと言いなさってさ……」

おつながそう説明すると、おせいが割って入る。

「ひと口に風呂焚き番といっても、これがなかなか難《むずか》しくってね。何しろ、火を扱う仕事だろ？　日々堂が火を出したなんてことがあっては大変だからね。それで、お富さんの指導の下《もと》に朝次がその任《にん》を務《つと》めることになったんだよ」

「なんせ、お富さんは手厳《てきび》しいからね。あの女《ひと》に睨《にら》まれたら、誰しも顫《ふる》え上がっちまう……。だから、ががんぼのお目付役にはあの女《ひと》が最適ってもんでさ！　お富さんにしても、朝次のお目付役という使命を与えられて生き甲斐《がい》を見つけたってわけで、まっ、言ってみれば、あの二人は打ってつけの取り合わせ……。けど、こう毎日毎日、同じことを鳴り立てるお富さんの声に辟易《へきえき》させられたんじゃねえ……」

おつなが大仰に太息《ふといき》を吐く。

「あのう……、一つ、訊いてもいいですか？」

初音が怖《お》ず怖ずと上目遣《うわめづか》いにおつなを窺う。

「なんだい？」

「ががんぼって、なんのことですか？」

ああ……、とおつなとおせいが顔を見合わせる。

「おつなさん、駄目じゃないか！　たまたま、おはまさんもおちょうちゃんもこの場にいなかったからいいようなものの、あたしたちまでが朝次のことをがんぼと呼んでいることが女将さんの耳に入ったら、それこそ大目玉だからさ！」

おせいが慌てておつなを目で制す。

おつなは気を兼ねたように肩を竦めた。

「ここだけの話で、あたしから聞いたってことをおはまさんたちに告げ口しないでよ？　いいこと？　解ったよね？」

おつなはそう念を押すと、がんぼというのは別名、蚊《か》の姥《うば》、蚊蜻蛉《かとんぼ》とも呼ばれ、蚊を数倍大きくした形《なり》をしているが、動きが緩慢《かんまん》なので見た目がどこかしら弱々しく、灯火に飛来して停《と》まろうともがく様子が憐《あわ》れにも滑稽《こっけい》にも見えるのだと説明した。

「ああ、あの手脚の長い……」

初音が思い出したとばかりに頷く。

「朝次のことをそんなふうに呼ぶのは可哀相《かわいそう》なんだけどね……。ところが、朝次が言うには、以前にいた見世でもそう呼ばれていたんで平気だと……。けど、いくら余所《よそ》でそう呼ばれていたとしても、日々堂では蔑称《べっしょう》を許さないと女将さんが言いなさってね。だから、後生一生《ごしょういっしょう》のお願いだ！　あたしたちが朝次のことをがんぼと呼んだことを言わないでおくれね！」

おせいが縋《すが》るような目をして手を合わせると、おつなもそれに倣《なら》う。

「はい。もう忘れましたから……」

初音がそう言ったときである。

「お待ち！　朝次、おまえ、一体どこに行こうというんだえ！」

風呂の焚き口のほうから、お富の金切り声が聞こえてきた。

あっと、おせいとおつなが顔を見合わせ、水口の戸を開け放つ。

お富が裏庭の枝折《しお》り戸に向けて駆けて行くのが見えた。

「お富さん！」

「どうしたんだえ？　何があった！」

おせいやおつなが裏庭に飛び出す。

お富は枝折り戸の前で振り返ると、途方に暮れたような顔をして、首を振った。

「犬が……。朝次が犬を捜《さが》すと言って、飛び出しちまって……」

「犬？」

「犬だって？　犬って、どこの犬なのさ……」

おせいとおつなが狐《きつね》につままれたような顔をして、傍に寄って行く。

「それがさ……。二日前に、朝次が子犬を拾ってきてさ。納屋《なや》の中に隠して飼っているのを見つけたもんだから、あたし、叱りつけてやったんだよ。女将さんに内緒にして犬を飼うなんてことは許さないって……。そしたら、決して皆には迷惑をかけない、犬の食い物は自分のを分け与えてやるし、いっさいの世話は自分がする、と朝次が涙ながらに訴えるじゃないか……。それで、おまえが面倒を見るにしても、まずは女将さんの許しをもらうのが先決だ、折を見て、あたしから頼んでやるから、それまで公《おおやけ》にするのは止《よ》し、納屋の中に隠しておくんだよ、と言ってやったのさ……。ところが、あいつ、それで許しが出たと思ったのか、あたしがちょいと目を離した隙《すき》を見て、八幡橋《やわたばし》付近まで子犬を散歩に連れ出したらしくて……。けど、朝次ったら、そんなことをひと言も言わないもんだから、あたし、てっきり現在《いま》も納屋の中にいるものだと思ってたんだよ。ところが……」

お富はそこまで言うと、遣り切れなさそうに溜息《ためいき》を吐《つ》いた。

「犬がいなくなったというのかえ？　それで、朝次が犬を捜すと飛び出した……。そうなんだね？」

「それで？」

おせいとおつなにせっつかれ、お富が苦《にが》りきったような顔をする。

「それがさ、朝次ったら、朝方犬を連れ出したときに、どうやら、どうだ、いい犬だろう、と周囲《まわり》にいた者に自慢したらしいんだよ。そうしたら、その中に、こいつはよい犬だ、子犬なんでまだはっきりしないが、秋田犬《あきたいぬ》かもしれないと言った男がいたらしく、その男が譲ってくれないかと、日々堂の場所を訊ねたというんだよ。朝次はきっぱりと譲るつもりはないと答えたそうなんだが、それから納屋に犬を連れ帰り、二刻《ふたとき》（約四時間）ほどして覗《のぞ》いてみたら、犬を縛《しば》っておいた縄が解《ほど》けて、どこにも姿がない……。それでもう、朝次が大騒ぎしちまってさ……」

「じゃ、朝次に犬を譲ってくれといった男が納屋に忍び込み、盗んじまったということなのかえ！」

おせいが大声を上げる。

お富は慌てて両手を振った。

「違う、違うんだよ！　その男が訪ねてきたというのは本当のことなんだけど、盗んだのじゃないのさ。あたしがくれてやったんだよ……」

「くれてやったですって！」

「なんでまた、そんなことを……」

おせいとおつなが信じられないといった顔をする。

「それがさ、その男が言うには、先つ頃、知り合いに秋田犬の子犬を見失った者がいる、朝方、たまたま出会《でくわ》したここの使用人がそれらしき子犬を連れているのを目にしたものだから、もしかすると、その子犬は知り合いが捜している犬かもしれないと思い訪ねてきたと言って……。朝次から何も聞いていなかったあたしは、ああ、そうですか、早いとこ見つかってようございましたね、と渡しちまったんだよ……。そのとき、朝次が傍にいれば、渡してよいものかどうか訊ねたんだけど、生憎《あいにく》、その場にいなかったもんで……」

お富が蕗味噌《ふきみそ》を嘗《な》めたような（苦々しい）顔をする。

「ええエ……。だったら、その男が言うのが正しかったともいえるじゃないか……」

おつなが目をまじくじさせる。

「そうなんだよ。けど朝次は、そうじゃねえ、おいらが言ってるほうが正しいんだ、その男は子犬ほしさにそんな嘘《うそ》を吐いたんだ、と言い張って……。挙句、こんなことをしている場合じゃない、一刻も早く、その男を取り押さえ、子犬を取り返さなきゃならねえと叫んで飛び出しちまったんだよ……」

お富の金壺眼《かなつぼまなこ》にわっと涙が溢《あふ》れる。

「取り戻すったって……。その男がどこの誰かも判っていないのに……」

おせいがそう言うと、お富は悔《くや》しそうに首を振った。

「まさか、こんなことになると思わなかったもんだから……。あたしゃ、元の飼い主の手に戻るんだったら、こんなに悦《よろこ》ばしいことはないと……。ああ、とんだ猿利口《さるりこう》（浅はか）だったよ……」

お富はがくりと肩を落とした。

三人はとにかく朝次を捜し出そうと二手《ふたて》に分かれ、お富は枝折り戸を出ると表通りから八幡橋方面に向けて駆けて行った。

何事かあったと気配《けはい》を嗅《か》ぎつけ、後から町小使の与一が追いかけて来る。

すると、前方に、八幡橋を指差して慌てふためき駆けて行く人々が目に留まった。

「人が溺《おぼ》れてるとよ！」

「溺れてるって、おっ、餓鬼《がき》がか？　それとも大人か？」

「それが、犬だとよ！」

「莫迦こけ！　犬が溺れるもんか。俺《おり》ャ、犬を助けようとして男が川に飛び込んだと聞いたぜ」

あちこちから、そんな囁《ささや》き声が聞こえてくる。

お富の胸が、犬という言葉に激しく高鳴った。

そんな莫迦な……。

犬を助けようとして、男が川に飛び込んだのだとしたら……。

ああ……、朝次ならありそうなことである。

お富の胸が押し潰《つぶ》されそうになった。

すると、与一がすっとお富の傍に寄って来て、

「婆《ばあ》さん、待ってな……。俺が先に行って、朝次かどうか確かめてきてやるから

よ！」

と耳許《みみもと》に囁き、韋駄天《いだてん》走りに駆けて行った。

お富が川べりに辿《たど》り着いたときには、息がすっかり上がりきり、もう一歩たりとも、脚が前に進まない。

お富は川べりに蹲《うずくま》ると、ハッハッと肩息《かたいき》を吐いた。

どうぞして、溺れたというのが、朝次でありませんように……。

胸の内で、神仏にそう祈るよりほかなかった。

神さま、仏さま、日頃から不義理をしてしまい申し訳ありません。都合の良いときだけ頼み事をしてとさぞやお怒《いか》りでしょうが、どうぞして、溺れたという者が朝次でありませんように……。

それでないと、あたしが子犬をあの男に渡したばかりに朝次がこんなことになったことになる……。

ああ、嫌《いや》だ、嫌だ！　それじゃ、あたしは立つ瀬がないじゃないか……。

お富は口の中で念仏《ねんぶつ》を唱《とな》えるかのように、ぶつぶつと呟いた。

と、そのときである。

「なんでも、溺れたのは日々堂の小僧だとよ……。といっても、小僧とも呼べねえほど大きな形をした男だとかで、引き上げるのに一人や二人じゃ手に負《お》えなかったというからよ……」

「で、死んだのか？」

「いや、まだ息があるとかで、取り敢えず水を吐《は》かせたんで、このまま佐賀町《さがちょう》の立軒《りっけん》さまの診療所に運び込むそうだ」

「そうけえ……。助かったのならいいが、とんだ人騒がせじゃねえか！」

野次馬《やじうま》たちのその声に、お富はハッと我に返り、伸び上がるようにして、戸板に乗せて運ばれる若者へと目をやった。

が、人立《ひとだち》に阻《はば》まれ、お富の目には、搬送《はんそう》されるのが誰なのか捉《とら》えられない。

しかも、立ち上がろうにも、どうしたことか、腰が抜けて身動きが取れないではないか……。

そこに、与一が戻って来て、腑抜《ふぬ》け状態になったお富を見て、啞然《あぜん》とした。

「どうしてェ、惚《ほう》けたような顔をしてるじゃねえか……。はははァん、腰が抜けたってか？　婆さん、やっぱ、溺れたのは朝次だったぜ……。が、大丈夫《でえじょうぶ》だ。通りすがりの者がすぐさま川に飛び込み、引き上げてくれたからよ。そんな理由《わけ》で、一応息を吹き返《けえ》したんだが、万が一を考えて、添島《そえじま》さまの診療所に運ばれることになったそうなんで、俺《おり》ャ、ちょいと診療所を覗いてくるからよ……。ああ、心配《しんぺえ》しなくてもいい！　傍にいた者に日々堂まで知らせに走ってもらったからよ。おっつけ、女将さんか宰領がやって来るだろうて……。で、婆さん、おめえさん、これからどうする？」

与一がお富の顔を覗き込む。

「あたしは……。あたしは一体どうしたらいいんだろう……」

「一体《いってえ》どうしたらいいかと言われても……。しょうがねえなあ……。えっ、一人で立ち上がれねえのかよ？」

お富は情けなさそうに首を振った。

与一は弱りきったように四囲を見廻したが、どうやら手を貸してくれそうな者はいないようである。

与一が観念したかのように腰を落とし、背中に負ぶされ、とお富に目まじする。

「えっ、あたしを負んぶしてくれるって？」

「しょうがねえだろ！　同じ釜《かま》の飯を食ってる仲間じゃねえか……。腰の立たねえ婆さんをここに一人で放っておくわけにはいかねえからよ……。さっ、しっかと摑まっとくんだぜ！」

ところが、お富は気を兼ねているのか、すじりもじりとするばかりで、与一の背に摑まろうとしない。

遂《つい》に、与一は大声を張り上げた。

「いいから、言うとおりにするんだよ！　早くしなよ。こんなところですったもんだしているほうが、よっぽどみっともねえんだからよ！　俺ャ、添島さまの診療所に行こうとしてるんだ。腰が抜けた婆さんを担ぎ込んだところで、どこがおかしかろうよ……。さっ、早く！」

与一にどしめかれ（怒鳴られ）、お富が渋々《しぶしぶ》と与一の背に手をかける。

「痛ァ！」

お富が悲鳴を上げる。

が、与一は意に介《かい》さず、ようっし、摑まったな、じゃ、このまま佐賀町まで突っ走るからよ！　と掛け声をかけて走り出した。

その速さときたら……。

日頃から町小使で鍛《きた》えた脚《あし》は伊達《だて》ではなく、与一は人一人を背中に負ぶっていることなどものともせず、スタスタ、ヒタヒタ、脱兎《だっと》のごとく脚を前へと進めた。

しかも、ひと足先に出立《しゅったつ》した戸板組と診療所に着いたのがほぼ同時とあって、なんともはや、まるきり息も上がっていないというのも驚きである。

添島立軒や代脈《だいみゃく》（助手）たちは、言伝を聞いていたとみえ、玄関先に出て迎えてくれた。

立軒をはじめ、代脈の高嶋一生《たかしまいっせい》、山本賢吾《やまもとけんご》、そしてなんと、立軒の許《もと》で修業を始めて一年と四月《よつき》になる、石鍋敬吾《いしなべけいご》の姿も見えるではないか……。

「おお、やっと来たか……。おっ、その顔は日々堂の町小使の、確か……、与一、与一と見たが、はて、背中に負ぶっているのは……」

立軒が与一に背負われたお富を見て、目をまじくじさせる。

「日々堂の女衆、お富婆さんでやすよ。実は、朝次が溺れたと聞いて、腰を抜かしちまったみてェで……」

与一がそう言うと、お富が背中でバタバタと抗おうとする。

「これっ、与一、下ろしておくれよ！　恥ずかしいじゃないか……。一人で歩けるというのに、この出しゃばりが！」

立軒は苦笑いした。

「ほう、どうやら口は達者《たっしゃ》のようだのっ！　そのくらい声が出れば大丈夫だ。与一、ご苦労だったな。中まで運んで診察台に寝かせてやってくれないか……。で、こっちは溺れかけたとな？　息もあるし、水を吐いたというからまず大事ないと思うが……。おっ、これは……」

朝次の顔を覗き込んだ立軒の顔に、つと翳《かげ》りが過《よ》ぎる。

傍にいた代脈たちが、心配そうに立軒の顔を窺う。

「何か心配なことが？」

「いや、まだ判らぬ……。とにかく、早く中に運んでくれ！」

立軒に言われ、戸板を運んで来た連中や代脈たちが診察室の中に入って行く。

与一とお富は少し離れた位置で、茫然《ぼうぜん》とその光景を眺《なが》めていた。

「どうしたんだえ？」

お富が与一の顔を覗き込む。

「さあ……」

「さあ……と言ったって、おまえも見ただろう？　立軒さまの顔色はただものじゃなかったよね？　ねっ、ねっ、一体、どうしたんだろう……」

お富が与一の袖《そで》を摑んで揺《ゆ》さぶる。

与一は気を苛ったように、その手を払った。

「煩《うるせ》ェ！　俺に解るわけがねえだろうに！」

朝次が川に放り込まれた子犬を助けようとして溺水《できすい》状態となり、添島立軒の診療所に運ばれた、と日々堂に知らせが入り、お葉は取るものも取り敢えず、佐賀町へと駆けつけた。

そして、正蔵は黒江町の自身番へと……。

なんでも、友七《ともしち》親分がそこで待っているというのである。

友七はことの成り行きを眺めていた男に仔細《しさい》を質《ただ》した。

すると、八幡橋付近で子犬と戯《たわむ》れていた五歳くらいの男児がいたそうで、そこに奥川町のほうからやって来た四十路《よそじ》絡《がら》みの男が男児に声をかけ、力尽くで子犬を奪い去ろうとしたというではないか……。

それを目にした朝次が必死の形相《ぎょうそう》をして男に飛びかかるや、男は無我夢中《むがむちゅう》で子犬を川に放り込んだという。

朝次は、ああァ！　と悲鳴を上げるようにして、土手を転がり下りるようにして、川の中に……。

ところが、朝次は大変なことを忘れていた。

生まれてこの方、朝次は泳ぎというものをしたことがなかったのである。

それ故《ゆえ》、陸《おか》の上では人一倍体力があり、大概《たいがい》の力仕事が熟《こな》せる朝次にも、水の中では手も脚も出ない。

自身にも持て余すほど大きな図体が、もがけばもがくほど沈もうとするばかりで、朝次の身体《からだ》はひとたまりもなく水中へと……。

それを見ていた四十路絡みの男は色を失い、尻に帆をかけたようにして逃げ去ったというのである。

五歳ほどの男児は泣き叫ぶばかりで、縄にも蔓《かずら》にもかからない。

たまたま通りすがった魚の担《にな》い売りが天秤棒《てんびんぼう》を放り出して川の中に飛び込んだが、何しろ朝次の図体が大きすぎて、一旦水面に引き上げたものの、小柄な担い売りの力だけではとても岸まで連れ戻《と》せない。

そこで、泳ぎの達者な男二人が助《すけ》っ人に入り、結句、三人がかりで引き上げたのだという。

救助してくれた男の中に水を吐かせる術《すべ》を知った者がいたのが幸いし、朝次はなんとか蘇生《そせい》することが出来たのだった。

正蔵は自身番でことの仔細を聞かされ、絶句した。

「泳げねえと知っていて、なんで朝次は川に飛び込んだのだろう……」

すると、友七親分が苦虫《にがむし》を嚙み潰したような顔をして、割って入った。

「そこが朝次の朝次らしいところでよ……。とにかく、子犬を助けなきゃという思いが先に立ち、後先《あとさき》考えずに飛び込んだのだろうて……。まったく、莫迦につける薬はねえとは、このことでよ！　犬なんてもんは、放っておいても泳いで岸まで戻って来るというのに、あの藤四郎《とうしろう》が！　助けに入《へえ》ったつもりで、てめえが溺れてたんじゃ世話ァねえや……」

「じゃ、犬は助かったんだな？」

「ああ、子犬といえども、大《てえ》したもんよ。懸命《けんめい》に犬搔《いぬか》きして、岸まで戻って来たというからよ……」

友七のその言葉を聞き、正蔵はほっと息を吐いた。

朝次が子犬を助けようと思って川に飛び込んだというのに、その想いが叶《かな》わなかったのでは、あまりにも酷《むご》すぎる……。

「けどよ、子犬を川に放り込んだ男というのは、一体《いってえ》、どういう了見《りょうけん》でそんなことをしたのだろう……」

正蔵が訝しそうな顔をすると、自身番の店番《たなばん》が、それなんでやすがね……、とひと膝前に躙《にじ》り寄った。

「子犬を連れていた餓鬼の話じゃ、いきなり男が傍に寄って来て、坊主、どこからこの犬を連れて来た、おめえの犬じゃねえことくれェ解ってるんだ、返《けえ》すんだ、俺が元の飼い主に連れ返《けえ》してやるから、と有無《うむ》を言わさず餓鬼の腕から子犬を奪い取ったんだとか……。そこに、朝次が飛びかかっていき、万八《まんぱち》（嘘）だ、騙《だま》されるんじゃねえ！　と男と押し合い圧《へ》し合い……。が、どう見たって、朝次のほうが腕っ節が強そうだ……。それで、男は勝ち目がねえと判断したんだろうて、川に向けて子犬を放り出したというんだからよ」

なんと……、と正蔵は呆《あき》れ返り、言葉を失った。

すると、書役《かきやく》らしい男が後を続けた。

「さぞや不可解に思われるでしょうが、実は、先つ頃、犬を巡《めぐ》っての諍《いさか》いがあちこちで起きていましてな……。つい先日も、材木町《ざいもくちょう》で一件……。それに、聞くところによると、朝次という男も怪《あや》しげな男に子犬を連れ去られたばかりというではありませんか……。そう、日々堂さん、お宅の話ですよ」

「なに、日々堂の犬？」

正蔵が目をまじくじさせる。

日々堂にシマという猫はいるが、犬を飼ったことはない。

「そりゃ、何かの間違《まちげ》ェでは……。うちじゃ、犬を飼ってやせんので……」

「えっ、違うので？　はて……。確か、朝次が男と揉み合いながら、おいらの犬を返《けえ》せ、と叫んでいたとか……。いえ、野次馬の中にそんなことを言っていた者がいましたんでね。てっきり、朝次は犬を取り戻そうと思い、男に摑みかかっていったのだとばかり思っていましたよ」

書役が、なあ？　と店番に目まじすると、店番も頷いた。

「まっ、野次馬の言うことで、どこまで本当のことか解りやせんが、俺もそう聞きやしたからね」

「どっちにしたって、あの朝次の言うことだ。あいつ、てめえが喋《しやべ》っていることもよく解ってねえんだからよ……。が、日々堂のことはさておき、こう立て続けに白昼堂々《はくちゆうどうどう》と人前で子犬が攫《さら》われるとは妙じゃねえか……」

友七が首を傾《かし》げる。

「そうなんですよ。それも、材木町の場合も今日も、どちらも子犬ときた……。これには何か意味があるんでしょうかね？」

書役と店番は苦々しそうに顔を見合わせた。

ところが、いくら考えても、何も思いつかない。

しかも、攫われたのが人というのであれば問題だが、相手が子犬とあってはどうにも手の打ちようがない。

それでも、被害にあった者からの探索願いが出されたというのであれば自身番でも動きようがあるのだが、材木町の場合は子犬を攫われた者が、ちょうど貰い手を探しているときだったので連れてってくれれば好都合《こうつごう》だ、と平然としていたというし、そして今日は、子犬が川に放り込まれたといっても、ちゃんと男児の許に戻って来たのである。

しかも、正蔵が朝次の子犬が奪われたと知ったのは、つい今し方のこと……。

従って、正蔵は通りすがりの男が男児の手から子犬を奪おうとするのを見た朝次が道義心《どうぎしん》に駆られ、前後を忘れて摑みかかったと思っていたのである。

ところが、自身番から佐賀町の診療所に廻ってみて初めて、正蔵は真《まこと》のことを知ることに……。

お富は正蔵とお葉の前で、深々と頭を下げた。

「済んません……。朝次が子犬を匿《かくま》っていたことをすぐにお伝えしなくて……。いえね、今日こそ、折を見てお話ししようと思ってたんですよ。けど、皆さん、朝からお忙しそうにしていらして、なかなかその機会がなかったんですよ。あたしがもっと前にお話ししていたら……。いえ、それより、どこの誰だか判らない男が乗り込んできて、子犬を返せと迫《せま》ったとき、なんら疑いもせずに男の話を鵜《う》呑《の》みにしちまったことを詫《わ》びなきゃなりません……。現在《いま》だから正直に話しますが、あのとき、男から子犬を返せと言われて、あたしはどこかしらほっとしたんですよ。ああ、これで、あたしが頭を下げて子犬を飼ってくれと頼まなくて済んだのだと……。まさか、子犬がいなくなったことで、朝次があそこまで前後を失うとは思ってもみなかったんですよ……。あたしの猿利口が朝次をあんな目に遭わせてしまったのかと思うと、女将さんや宰領にどう謝《あやま》ったらいいのか……。済んません。本当に、済んません……」

「いいから、お富、頭を上げな……。おまえが良かれと思ってしたことなんだもの、誰が責めようかよ……。朝次だって、責められはしない！　朝次は根が優《やさ》しい子なんだよ。だから、置き去りにされた子犬を放っておけずに連れ帰ったんだろうし、親犬から離された子犬にいたく心を移しちまった……。きっと、子犬の親にでもなった気持でいたんだろうさ……。だから、いなくなったと知ったときには居ても立ってもいられなかったのだろうし、余所の子が男に子犬を奪われようとするのを目にし、何がなんでも取り返さなきゃと思った……。そりゃさ、泳げないと解っていて、川に飛び込むのはあんまし褒められた話じゃないよ？　けど、朝次にはただただ助けたいという思いのほうが強く、飛び込んだ後どうなるかなんて考える余裕《ゆとり》がなかった……。朝次はさァ、そんな子なんだよ。ふふっ、二十六歳にもなった男を摑まえ、あの子なんて呼んじゃいけないとは知っているが、あたしにとっては、朝次はいつまでも子供でね……。そう、我が子と思っているんだよ。それだけに、あの子の気持を思うと切《せつ》なくてね……。けど、生命《いのち》が助かってくれただけでも有難いと思わなくっちゃ……」

お葉が居たたまれずに肩息を吐く。

「それで、立軒さまはなんて……」

正蔵が怖々《こわごわ》とお葉の顔を覗き込む。

お葉は再びふうと太息を吐いた。

「取り敢えずは息を吹き返したけど、顔が青くなっているし、咳《せき》も出る……。溺水によく見られる症状らしいんだが、肺水腫《はいすいしゅ》や脳や腎《じん》の臓《ぞう》に障害が出るかどうかは、もう暫《しばら》く様子を見ないと判らないそうでさ……」

「顔色が青かったら、どうなるって……」

「唇や肌の色が紫色になってるだろう？　これが肺水腫の前触《まえぶ》れといってもいいんだが、進行すると肺に水が溜《た》まり、呼吸困難を起こしたり、また脳に障害が出て不安を覚え、嘔吐《おうと》や意識障害、痙攣《けいれん》を引き起こすそうなんだよ。それに、この度《たび》判ったことなんだが、朝次って、あんな図体をしているから丈夫《じょうぶ》そうに見えるが、存外《ぞんがい》に心《しん》の臓が弱っているそうでさ……。立軒さまが言われるには、外見に惑《まど》わされ健常《けんじょう》そうに見えても、案に相違して、朝次は脆《もろ》い体質なのかもしれないって……」

「…………」

正蔵の顔が強張《こわば》る。

お葉は苦渋《くじゅう》に満ちた目をきっと上げ、正蔵を見据えた。

「それでさ、あたしは腹を括《くく》ったよ！　この際、朝次を存分に休養させせようと思ってさ……。むろん、此度《こたび》のことは災難だったよ。けど、此度のことがあったからこそ、朝次の体調が判ったんだもの、むしろ、早めに判っただけでも有難いと思わなくっちゃ……。それでね、立軒さまと相談したんだが、暫くこの診療所で朝次を静養させようと思ってさ……。そんな理由《わけ》で、風呂焚き番はまたお富一人になるんだが、いいよね？　朝次が通常の暮らしに戻るまで、お富一人でもやれるよね？」

お葉に瞠められ、お富が慌てて頷く。

「ええ、構いませんよ。元々、風呂焚き番はあたしの仕事だったんだもの……。但《ただ》し、水汲みや薪割は、以前のように男衆《おとこし》の手を借りることになるかもしれませんがね。いえね、情けない話なんだけど、あたしも寄る年波《としなみ》には勝てない……。かつてはどうということもなかったことが、此《こ》の中《じゅう》、めっきり身体に応《こた》えるようになりましてね。思うに、朝次に何もかもを頼りすぎて、身体が鈍《なま》っちまったのかも……。ああ、嫌だ、嫌だ！　歳《とし》は取りたくないもんだよ……」

「そりゃそうよのっ。お富も六十路《むそじ》が近いんだもんな」

正蔵が苦笑いする。

その正蔵とて、年が明ければ五十三歳……。

お葉も二十九歳と、いよいよ三十路《みそじ》に手が届こうとするのである。

お葉と正蔵は顔を見合わせ、半《なか》ば諦《あきら》めにも似た思いで微苦笑《びくしょう》した。

「湯船《ゆぶね》に水を張るところまではしておいたんで、ちょっくら佐賀町まで行ってきてもいいかしら?」

お富が水口から厨に顔を突き出し、おはまに声をかける。

朝餉《あさげ》の片づけを終え、そろそろ中食《ちゆうじき》の仕度をと女衆に指示を与えていたおはまが振り返り、あっ、お待ち! と隣のおちょうに目弾《めはじき》して見せた。

おちょうが食器戸棚の脇に積み上げられた箱膳《はこぜん》の上から風呂敷包《ふろしきづつ》みを手に取り、満面《まんめん》に笑みを浮かべる。

「これから診療所に行ったんじゃ、中食までに戻って来るのは大変だろ? そう思って、おっかさんが朝次とお富さんの弁当を拵《こしら》えてやれって……」

おちょうはそう言うと、おはまに目まじした。

「大したお菜《さい》が入ってるわけじゃないから、別に気を兼ねることはないんだよ。ただ、中食までに戻って来なくて済むのなら、風呂焚きを始める頃まで朝次の傍についていてやれるだろうからさ……」

おはまのその言葉に、お富が金壺眼を潤《うる》ませる。

「おはまさん、おちょうちゃん、有難う……。あたし、なんて礼を言えばいいか……。朝次もきっと悦びます。一人だけ離れて診療所にいても、日々堂の仲間がいつも見守っていてくれるのだと思うと、あの子も寂《さみ》しくないでしょうからね……」

おはまは照れ臭そうに、まあね……、と言った。

「朝次にあたしたちの想いが伝わってくれると嬉《うれ》しいんだがね。お富さん、朝次に言ってやっておくれ！　一日も早く元の身体になって戻って来るんだよって……。けどね、焦《あせ》ることはないし、他の店衆に済まないと気を兼ねることもないんだからね」

「解りました。そう伝えてやります。あっ、それから、薪割のことなんだけど……」

「大丈夫、大丈夫！　それも大船に乗った気でいておくれ……。薪割は市太《いちた》や権《ごん》太《た》が手分けしてやってくれると言ってるからさ。湯船に水を張るのだって、小僧たちに委せりゃいいのに、お富さんたら、そこまでさせては申し訳ない、と我《が》を張って……。あいつら、若いんだもの、そのくらいなんでもないのにさ！」

おはまに言われ、お富が慌てて首を振る。

「天骨《てんこち》もない！　そこまで甘えたんじゃ、朝次が他の小僧たちに頭が上がらなくなってしまいますんで……。あの子は他の子のように知恵が廻らないから、風呂焚き番の仕事を与えられたってことが解っているんですよ。まっ、いってみれば、この仕事こそ天職だと……。ですから、その仕事を他の子に代わってもらったと聞くと、どれだけ肩身《かたみ》の狭《せま》い思いをすることか……。そんな不安を抱《かか》えていると治《なお》るものも治らず、おちおちと寝ていられなくなりますからね。それで、せめて水汲みくらいはあたしが身体を張ってやらなきゃと思ってさ……。そんな理由《わけ》なんで、どうか、目を瞑《つぶ》っておくんなさいな」

おはまがやれやれといった顔をする。

「朝次やお富さんがそんなふうに思うのなら、しょうがないか……。いえね、あたしはおまえさんの身体を気遣《きづか》って……。腰の具合だって決して良くないんだし、無理をすると、また腰が立たなくなるんだからね！」

「へっ、お騒がせしちまって、済んませんでした……。けど、お陰で、あたしの腰はもうすっかり元通りでしてね」

「そりゃそうかもしれないが、この前は驚きのあまりに腰を抜かしただけで済んだが、ぎっくり腰にでもなったら、一日や二日じゃ治らなくなるんだからね」

「へっ、よう解ってますんで……。決して無理はしません。本当にきついようなら、そのときは素直に頭を下げ、手伝ってくれと言いますんで……」

「あい解った！　じゃ、気をつけて行っといで！」

おはまが納得したとばかりに頷き、お富は改まったように厨の女衆を見廻した。

「そいじゃ、勝手をさせてもらいますんで……」

「お富さん、朝次に宜《よろ》しくね！」

「暇が出来たら、あたしたちも診療所に顔を出すからさ」

おせいやおつなも声をかける。

お富は嬉しそうに、にっと笑みを見せた。

暇が出来たら顔を出すとは、なんとも嬉しいことを……。

日々堂の女衆には片時《かたとき》も暇など出来ないと解っていても、そう言ってくれるだけで、ぽっと胸が温かくなるというもの……。

お富が厨から出て行くと、計ったように茶の間から声がかかった。

「おや、女将さんがお呼びだよ……」

おはまは肩を竦め、茶の間へと入って行った。

「お富の声がしたように思ったが……」

お葉が外出用の羽織《はおり》を纏いながら訊ねる。

「お出掛けですか？」

「ああ、ちょいと蛤町の古手屋《ふるてや》を覗いてこようと思ってね」

「お文《ぶん》さんのところですか？」

「そうなんだよ。昨日、友七親分に逢《あ》って聞いたんだが、お文さんの具合があまり良くないらしいんだよ」

えっ……、とおはまが眉根《まゆね》を寄せる。

「あまり良くないとは……」

「此の中、腎の臓を病《や》んでいただろう？　といっても、これまでは疲れやすかったり手脚の浮腫《むくみ》、食欲不振といった症状だったんだが、ここにきて、頭痛や視力の衰《おとろ》え、歯茎《はぐき》や皮下に出血が見られるようになったとかでさ……。立軒さまの話じゃ、このまま症状が進めば尿毒症《にようどくしよう》に陥り、生命《いのち》が危《あや》ぶまれるとか……」

おはまの顔からさっと色が失《う》せる。

「そんな……」

「そうなんだよ。お文さんがどうやら腎の臓を患《わずら》っているらしいと判ったのが、去年の秋のことだろう？　あれから一年とちょっとで、こんなにも病状が進むなんて……。だって、親分もお美濃《みの》も気を遣い、これまでお文さんに無理をさせないようにしてきたし、食餌《しょくじ》療法までしていたのにさ……」

お葉は遣り切れないとばかり、肩息を吐いた。

昨年の八月のことである。

清太郎の手習指南石鍋重兵衛《じゅうべえ》の一人息子敬吾は、それまで昌平坂《しょうへいざか》学問所の予備塾明成塾《めいせいじゅく》に通っていたが、いよいよ月並銭《つきなみせん》（月謝）を払うのに困窮を来すことに……。

それで、お葉の口利《くちき》きで添島立軒の下につき、医者の見習を始めることになったのであるが、あれから一月《ひとつき》が経《た》つというのに、住み込みということもあって周囲《まわり》の者には事情が判らず、息災《そくさい》なのだろうか、やりくじりをすることなく弱音《よわね》を吐いていないだろうか、とやきもきするばかり……。

かといって、正面きって、大事ないかと敬吾を訪ねて行くわけにもいかない。

そこで、友七が一計《いっけい》を案じることに……。

友七は女房のお文を俄《にわか》病人に仕立て、堂々と診療所に乗り込んで行ったのである。

「敬吾が診療所の住み込みになって、ほぼ一月《ひとつき》が経つだろ？　正《まさ》な話、俺ャ、気が気じゃなかったのよ。といっても、敬吾が迷惑をかけちゃいねえだろうか、少しは役に立っているだろうか、とわざわざ訊きに行くのも憚《はばか》られてよ。それで、表から窺うだけなら構わねえだろうと、一度、診療所まで行くには行ってみたんだが、半刻《はんとき》（約一時間）ばかし見張っていて、出入りしたのは患者と診療所に以前からいる三千蔵《みちぞう》という下男だけでよ。敬吾が下働きをしているのなら三千蔵と行動を共にしてもいいのに、いっこうに敬吾が姿を見せねえ……。それでよ、今日は思い切って、お文を俄病人に仕立て、俺がお文の付き添《そ》いって形で診療所を訪ねてみたのよ」

それを聞き、お葉は呆然《ぼうぜん》とした。

「まあ、お文さんを俄病人に仕立てるなんて……。そんなことをしたら、病人じゃないことがすぐに暴露《ばれ》てしまうだろうに！」

すると、友七がなんと渋顔《しぶがお》をしたではないか……。

「ところがよ、こちとら、俄病人、つまり万八のつもりだったんだが、添島さまに診《み》せてよかったぜ……。なんと、お文の奴、腎の臓を患っているらしくてよ……」

「えっ、本当に病だったのかえ！　お文さん、あんなに息災だったのに……」

お葉にも咄嗟には信じられなかった。

友七は苦虫を嚙み潰したような顔をして、続けた。

「いや、言われてみたら、此の中、疲れた疲れたを連発しててよ。それに、夕方近くになると、手足が浮腫んじまってよ。お文は歳のせいだと気にもかけちゃいなかったが、まさか、腎の臓を病んでいたとはよ……」

「それで、治るのかえ？」

「ああ、幸い、まだ軽症だそうでよ。とはいえ、腎の臓は一旦悪くしちまうと、完治《かんち》するのは難しいらしくてよ。現在《いま》より酷《ひど》くならねえように心懸《こころが》けることだと言われてよ……。今後は調剤してもらった薬を欠かさずに飲むことと、半月に一度診察を受けること、それに食餌療法を促されたからよ」

「じゃ、寝てなきゃならないほどではないということなんだね？」

「ああ。それもこれも、重症にならねえうちに診てもらえたからでよ。万八のつもりでお文を俄病人に仕立てたんだが、やれ、何が幸いするか判らねえものよのっ……」

あのとき、友七はそう言っていた。

そうして友七は、てっきり立軒の見習として診療所に入ったとばかり思っていた敬吾が立軒や代脈たちから助手のような扱いを受けていた、と驚いてみせたのだった。

つまり、敬吾は下働きとして診療所に入ったのではなく、先々、医者にすべく鍛えられつつあるということなのであろう。

恐らく、立軒は敬吾の中に並外《なみはず》れた才能を見出《みいだ》し、本気で医者に育てようと思っているに違いない。

あれから一年と四月《よつき》……。

そういえば、どこかしら、敬吾の面差《おもざ》しが医者の端《はし》くれらしくなってきたように思う。

朝次の治療に当たる、敬吾の顔……。

きりりと引き締《し》まった自信の漲《みなぎ》る顔つきは、他の代脈たちに比べても、決して遜色《そんしょく》がなかった。

医術に携《たずさ》わる者に大切なものは、知識や技術ばかりではない。

何より、患者やそれを見守る者への気扱《きあつかい》に長《た》けていなければ……。

お葉は常からそう信じていたので、昨日、敬吾が朝次やお富にさり気なくかける言葉を耳にし、ほっと胸を撫《な》で下ろしたのである。

決して気休めを言うわけでも励ますわけでもないのだが、敬吾の言葉を聞いていると、何故かしら、きっと良くなる、という勇気が漲ってくるのだった。

敬吾さん、おまえ、よい医者におなりだよ……。

お葉は胸の内でそう囁きかけたのだが、まさか、お文が深刻な症状になりつつあるとは……。

昨日、友七からお文の容態《ようだい》を聞いたお葉は居ても立ってもいられなくなり、一夜明け、今日は何がなんでも見舞わなければと思ったのである。

「だからさ、ちょいと蛤町を覗いてくるから、正蔵にその旨《むね》を伝えておくれ」

お葉がそう言うと、おはまは仕こなし顔に頷いた。

「解りました。見世のことはあたしたちに委せて、女将さんは心ゆくまでお文さんの話し相手になってあげて下さいな。現在《いま》、何より大事なのは、心の支えですからね」

さすがは甲羅《こうら》を経《へ》た、おはまの言葉……。

現在《いま》、お文に入り用なものは見舞いの品ではなく、傍にいて、繰言《くりごと》のひとつでも聞いてくれる人……。

それには、お文の来《こ》し方を熟知《じゅくち》していて、自《みずか》らが酸《す》いも甘いも噛み分けた、お葉ほど打ってつけの女《ひと》はいないだろう。

語らずとも、おはまの目はそう物語っているように思えた。


お文は店先で二十代半ばの男と吊《つる》しの掛け替《か》えをしていた。

吊しとは、売れ筋や目玉商品を衣紋《えもん》掛けに掛け、店頭に棹《さお》になって並べることで、季節の変わり目や新商品が入荷したときに行われる見慣《みな》れた光景……。

お葉はお文の隣にいる、見覚えのない男を一瞥《いちべつ》すると、

「おやまっ、そんなことをしていていいのかえ?」

と声をかけた。

お文が驚いたように振り返る。

「嫌だ、驚かさないでおくれよ!」

「別に驚かすつもりじゃなかったんだけど、親分からおまえさんの具合が芳《かんば》し

くないと聞いて、居ても立ってもいられなくなったもんだからさ……。休んでなくていいのかえ？」

お葉がそう言うと、お文が忌々《いまいま》しそうに、あのひょうたくれが！　だいたい大《おお》袈裟《げさ》なんだよ、あの男《ひと》は……、と毒づき、お葉に早く上がれと手招きした。

お葉が勧《すす》められるまま座敷に上がって行くと、声を聞きつけ、奥からお美濃が小走りに出て来た。

「やっぱり、女将さんだ！　いらっしゃいませ。ふふっ、おとっつァんからおっかさんの具合が悪いとお聞きになり、それで慌てて訪ねて見えたのでしょう？」

お美濃は勘《かん》が的中したとばかりに、くくっと肩を揺すった。

「そうなんだよ。親分があんまし深刻な顔をして言うもんだから、あたしもじっとしていられなくなってさ……。けど、思ったより、具合が良さそうなんで安堵したよ。なんせ、おちょうが祝言を挙げてからというもの、お文さんには逢っていなかっただろう？　あれから三月《みつき》になるけど、その間に容態が悪化したんじゃなかろうかと思うと、気が気じゃなくてさ……」

「てんごうを……。そんなに急に悪くなって堪るもんか！　いえね、確かに浮腫が酷くて、此の中、目が霞《かす》んでよく見えなかったりしたもんだから、立軒さまから尿毒症の疑いがあると脅《おど》されちまってね……。それで、うちの男《ひと》が顫え上がっちまったんだよ。あいつ、十手《じって》持ちだなんて偉そうな顔をしていても、存外に肝《きも》っ玉が小さくてね……。ごめんよ、心配をかけさせちまったね。お美濃、ぼうっとしてないで、早く女将さんにお茶を……」

お文は気を兼ねたように言うと、お葉を茶の間へと導いた。

「慌てて来たもんだから、手ぶらなんだよ……。ごめんね、何か見舞いをと思ったんだが、とにかく、一刻も早くおまえさんの顔が見たくてね……」

「見舞いなんて、止しておくれよ！　でも、よく来てくれたね。あたしもおまえさんに逢いたいと思ってたんだよ……。逢ったところで、別に格別な用があるわけじゃないんだけど、おまえさんの顔を見ていると、何故かしら、それまで胸で燻《くすぶ》ってたものがすっと掻き消えるように思えてさ……」

「おや、胸で燻っているものなんてあるのかえ？」

「そりゃあるさ！　正な話、気にしていないように見えても、病の身でこの先どうなるのだろうかとか、あたしがこんな身体になったからには、お美濃に婿を取るのを真剣に考えたほうがよいのじゃなかろうかとか……。それに、亭主のことだって、あたしが先立つようなことになったら、あの男《ひと》、独りでやっていけるのだろうかとね……」

お文がふうと太息を吐くと、お美濃がお葉に茶を勧めながら、ふわりとした笑みを……。

「おっかさんたら、また、そんなことを言って……。おとっつァんは独りじゃありませんよ！　あたしがついているということを忘れてもらっては困りますからね。いえ、むろん、おっかさんが亡くなるようなことがあっては困るんだけど……」

「何言ってるんだよ！　人はいつかは死ぬもんだし、それに状況を考えれば、親分よりあたしのほうが早そうだからさ」

「けど、そうだとしても、おとっつァんが独りになることはないんだから、おっかさんがそこまで心配することはないんですよ！」

お文とお美濃の言い合う姿を見て、お葉は頬を弛めた。

まるきり、血の繋《つな》がった母娘《おやこ》の姿そのものではないか……。

お美濃が友七とお文を、おとっつァん、おっかさん、と呼ぶようになって久しいが、こうして聞いていると、これまではほんの少し違和感を覚えることもあったのが、現在《いま》では微塵芥子《みじんけし》ほどもそれがない。

そればかりか、お文は友七が肝精《きもせい》を焼き（嫉妬する）たくなるほど、お美濃に入れ込んでいるという。

お葉がお文の病を気遣い、先々、安心して古手屋を委せられる、そんな男はいないのか、と訊ねたときのことである。

友七は天骨《てんこち》もないといった顔をして、こう言った。

「それがよ、どっちを見ても帯に短し襷《たすき》に長しで……。それによ、お文と甘《うま》くやっていける男がいるだろうかと思うとな」

お葉は訝しそうな顔をした。

「お文さんと？　だって、所帯を持つのは、お美濃だよ……」

「そりゃそうなんだが、古手屋を継《つ》ぐとなったら、どうしたって、お文と顔を突き合わせる……。あの気の勝った、お文と甘くやっていける男がいるんだろうかと思うとよ」

「親分は甘くやってるじゃないか！　それに、お美濃とだって……。腹を痛めた娘《こ》なら、少々気に入らないことがあっても我慢するより仕方がないが、お美濃は養女だよ？　しかも、物心つかない頃から育ててきたというのならまだしも、お美濃を引き取ったのは十九のときだからね……。言ってみれば、一人前の女《おな》ごだ。そのお美濃と実の母娘みたいに暮らせるんだもの、婿とも甘くやっていけるんじゃないのかえ？」

「そうだといいんだが……。だがよ、お美濃の場合は、あいつの身の有りつきにいたく同情したお文がなんとしてでも我が手で幸せにしてやろうと思ったからなんだが、お美濃のことをそれだけ慈《いつく》しんでいるとあって、婿が来ると心穏《こころおだ》やかじゃなくなるのじゃねえかと……」

「てんごうを！　お文さんが婿に肝精を焼くとでも？　姑《しゅうとめ》が息子の嫁に妬心《としん》を抱くって話は聞いたことがあるが、娘の婿に肝精を焼くだなんて……」

「実の娘ならな……。が、お美濃は養女だ。先つ頃のお文を見ていると、お美濃を見る目に尋常《じんじょう》じゃねえものを感じてよ……」

「尋常じゃないとは？」

「それがよ、まるで心底尽《しんていず》くになった相手を見るような目をしていてよ……」

それを聞いて、お葉は思わず噴《ふ》き出した。

「莫迦莫迦しくって聞いちゃいられないよ！　親分の思い過ごしだよ……。なんだえ、黙って聞いてりゃ、お文さんとお美濃が仲のよいのに親分が妬《や》いてるだけの話じゃないか……。ははァん、おおかた、衣替《ころもが》えの最中《さなか》、自分だけが除《の》け者にされたみたいで、それで拗《す》ねたものの見方しか出来なくなってるんだろうさ……。だったら尚のこと、お美濃に婿を取らせるんだね。そしたら、お文さんの心がまた親分へと戻って来るだろうからさ！」

「置きヤがれ！　まるで俺がお文に相手にされねえのを僻《ひが》んでるかのようなことを……。誰があんな婆《ばばあ》なんか！」

友七は図星を指されたのか、忌々しそうな顔をした。

が、お葉は案外間違ってはいないような気がし、こう続けた。

「親分、悪いことは言わない……。お美濃の婿取りのことを真剣に考えたほうがいいよ。お文さんが寝込むようなことになってから慌てたって遅いんだからさ！」

あのとき、お葉と友七との間にそんな会話がなされたのであるが、現在《いま》こうしてみると、やはり正鵠《せいこく》を射《い》ていたと思ってよいだろう。

「なんだえ、にたにたとして……。気色悪いじゃないかえ！」

お文がお葉の表情に気づき、照れ臭そうに言う。

「いえね、こうしてみると、実の母娘《おやこ》そのものだと思ってさ……」

お葉がそう言うと、お文とお美濃が顔を見合わせる。

「あたぼうだろ！　だって、実の母娘《おやこ》なんだもの……」

「今頃、女将さんが気づくなんて、遅いわよねえ？」

「そうかえ、そうかえ、そりゃ野暮《やぼ》なことを言って済まなかったね！　ところで、さっき店先にいた男《ひと》、一体、誰だえ？」

ああ……、とお文が見世のほうに目をやる。

「武也《たけや》のことかえ？　あの男《ひと》ね、鳶沢町《とびさわちょう》（現富沢町《とみざわちょう》）の結城屋《ゆうきや》の手代でね。結城屋の旦那とは、あたしが古手屋株を手に入れた頃からの付き合いでさ……。あたしが体調を毀《こわ》したとどこかで耳に入れたんだろうね、一月《ひとつき》ほど前からあの男《ひと》を助っ人として回してくれてるんだよ」

へえェ……、とお葉は改まったように見世のほうに目をやった。

先ほどはそのつもりで見ていなかったので面差しは定かでないが、上背《うわぜい》があり、なかなか凛々《りり》しげだったように思う。

「それは助かったじゃないか！　で、これから先もずっと来てくれるのかえ？」

「いえね、武《たけ》さんはそれでも構わないと言ってくれてるんだけど。それじゃ、なんだか申し訳ないような気がしてさ……」

「何が申し訳ないだよ！　向こうがそれでよいと言ってくれてるんだから、甘えたっていいと思うよ。しかも、素人《しろうと》というのなら手がかかるだろうけど、古着に関しちゃ、お手のものだろうからさ……。それこそ、結城屋に掛け合って、いっその腐《くさ》れ、引き抜いちゃどうだえ？　で、歳は……」

「さあ……、お美濃より五つ六つ上だろうから、二十六か七……。えっ、まさか、おまえさん、妙なことを考えてるんじゃないだろうね？」

お文が挙措《きよそ》を失い、お美濃に、もうここはいいから見世に出ているように、と目まじする。

勘の良いお美濃もここにいては拙《まず》いとでも思ったのか、お葉に会釈《えしやく》して見世に戻って行く。

お葉はお美濃が立ち去ったのを見届けると、まっすぐにお文を見た。

「その、まさかなんだけどさ……。ねっ、良い取り合わせだと思わないかえ？」

お文は何か考えているようだったが、暫くすると顔を上げ、お葉を見据えた。

「実はさァ、あたしも同じことを考えてたんだよ。いえね、最初《はじめ》は単なる助っ人としてしか見ていなかったんだよ。ところが、一廻りもしないうちに、これはみっけものだったのじゃなかろうかと思うようになってさ……。何しろ、商《あきな》いにかけてはあたしが口出しをすることもなく、おまけに客あしらいが上手《うま》いものだから、武さんを目当てに客が来るほどでさ……。当然、客の財布の紐《ひも》が弛み、一枚だけ買うつもりだったのに、いつしか二枚、三枚となる……。お美濃も武さんの如才《じょさい》のなさに感服していてね……。このままずっといてくれたらいいのにとまで言うじゃないか！　それで、あたしも改めて考えてみたんだが、今のまま結城屋にいたんじゃ、番頭になるにはまだ四、五年はかかる……。けど、うちに来てくれれば、すぐさま番頭、いえ、お美濃と所帯を持てば主人《あるじ》になれるんだからね。結城屋だって、うちが頭を下げて頼めば嫌とは言わないだろう……。もしかすると、結城屋にもそんな腹があって、武也をうちに寄越《よこ》したのかもしれないしね……。となると、あとは、肝心《かんじん》のお美濃がどう思うかってことなんだが、あたしが見るところ、あの娘《こ》もまんざら嫌でもなさそうなんだよ。というか、むしろ、それを望んでいるんじゃないかと……」

お文はそう言うと、それで、お葉さんはどう思うかえ？　と訊ねた。

「いいに決まってるさ！　だって、お美濃もその気なんだろう？　お美濃の気持が一等大事なんだからさ。あの娘《こ》が良くて、お文さんもそれで良いというのなら、あとは何が問題ありましょうかよ！」

お葉はそう言い、あっと息を呑んだ。

もう一つ、問題があったのである。

友七親分……。

友七は一体どう思っているのであろうか……。

「お文さん、親分のことを気にしているんだね？」

お文が蕗味噌を嘗めたような顔をする。

「そうなんだよ……。いえね、実は二、三日前、何気なく武さんのことを仄《ほの》めかしてみたんだよ。そしたら、とたんに機嫌《きげん》が悪くなってさ……。とにかくあたしの話を最後まで聞こうとしないで、話題を逸《そ》らしちまってさ。それで、察しがついたね……。あの男《ひと》、お美濃が実の父親《ておや》を刺して大番屋送りになったとき、自ら申し出て身許《みもと》引受人となり、さらに養女にまでしちまっただろう？　そんな経緯《いきさつ》があるもんだから、お美濃に対しては並の父親《ておや》以上の思い入れがあるんだよ……。だから、相手が誰であれ、お美濃の心を奪っていく者が許せない……。理屈じゃ解っていても、どうしても心が許さないんだね……。いえね、実を言えば、あたしも同じ気持だから、あの男《ひと》の心の動きが手に取るように解るんだよ……。いつかはこんな日が来ると解っていても、いえ、来なければ、むしろ、そのほうが困るんだけど、現実にそれを目の前に突きつけられてしまうと、どうしても素直に悦べない……」

お文がしんみりとした口調《くちよう》で言う。

ああ、そうだったのか……、とお葉ははっと胸を突かれた。

友七はお文がお美濃に尋常とは思えない思いを抱いていると言っていたが、あれは、お文がというより、友七自身のことだったのであろう。

それなのに素直に認められないものだから、自らの想いをお文に置き換《か》え、半ば自嘲《じちよう》するかのようにあんなふうに言ってみたに違いない。

とすれば、友七がわざとらしくお文の具合が悪いとお葉に仄めかしてみせたのは、お文の体調がというより、案外、お美濃に何が起きているのかをお葉に悟《さと》らせたかったからとも考えられる。

というのも、お葉ならお文から状況を聞いて放っておくわけがなく、友七を叱《しつ》咤《た》するに違いないし、そうなれば、友七も己《おのれ》の心に踏ん切りがつく……。

友七はそんなふうに思ったのかもしれない。

親分たら、まったく、素直じゃないんだから！

だが、まったく以て、可愛《かわい》い男じゃないかえ……。

お葉は苦笑いした。

「よいてや、よいてや！　あたしに委せときな。親分にはあたしから諄々《じゅんじゅん》と言って聞かせるつもりだからさ」

お葉がそう言うと、お文は、やれ……、と眉を開き、手を合わせてみせた。

お葉は中食を一緒にどうかと勧めるお文の言葉を振り切り、古手屋を後にした。

帰りしな、武也という男の顔をまじまじと観察してみたが、中高《なかだか》で涼しげな目鼻立ちをした、なかなか佳《よ》さそうな男ではないか……。

なるほど、これなら、お美濃がまんざらでもないのも頷ける。

とはいえ、唯一《ゆいいつ》、お文の気懸《きが》かりなのもそこにあるようで、客受けがよく如才ないのはまだ許せるとしても、女《おな》ごにちやほやされるのを鼻にかけ、先々、お美濃が泣きの目を見ることになりはすまいか……、と鬼胎《きたい》を抱いているようにも思う。

お文がそう懸念《けねん》するのには、理由《わけ》があった。

お美濃の実の父親《てておや》周三郎《しゅうざぶろう》が根っからの好き者で、元々、浅草猿若町《あさくささるわかちょう》で市村座《いちむらざ》の番付売りをしていたが、水茶屋の茶汲女《ちゃくみ》を孕《はら》ませたばかりか、深川冬木町の乾物問屋河津屋《かわづや》の内儀《ないぎ》お滝《たき》に取り入り、それから間なしに河津屋の旦那が急死するや、ちゃっかり後釜《あとがま》に納まり、今や大店《おおだな》の主人《あるじ》となっているのである。

ところが、その後も周三郎の女漁《あさ》りは留《とど》まるところを知らず、玄人女《くろうと》ばかりか見世のお端女にまで手を出す始末……。

それを聞きつけ、当時十九歳だったお美濃は、素性《すじょう》を隠して河津屋のお端女に潜《もぐ》り込んだのだという。

それが、茶汲女お佐津《さつ》が産《う》んだお美濃で、周三郎はお美濃の顔を見ても娘とは気づかず、あろうことか、お美濃を愛妾《めかけ》として妾宅《しょうたく》に囲《かこ》おうとしたというではないか……。

が、お美濃の狙《ねら》いはそこにあった。

女誑《たら》しと定評のある周三郎に近づき、手練手管《てれんてくだ》で周三郎とお滝の仲を裂《さ》くことが出来れば、周三郎に捨てられ大川に身を投げた母の復讐《ふくしゅう》を果たすことに……。

ところが、そうは虎《とら》の皮……。

妾宅を構えさせるところまでは成功したが、周三郎はもっと上手《うわて》だったとみえ、お美濃がお佐津の娘だと打ち明けると、あの女《おな》ごが産んだ娘が自分の娘と決まったわけじゃない、所詮《しょせん》、水茶屋の女《おな》ご、誰の子を孕んだのか判ったものじゃない、とせせら笑ったという。

カッと頭に血が上ったお美濃は無我夢中で蒲団《ふとん》に忍ばせていた出刃包丁《でばぼうちょう》で、周三郎をブスリと……。

幸い、周三郎は生命《いのち》を取り留め安堵したのであるが、一方、お美濃はといえば、友七が嘆願書を募《つの》ってくれたお陰で情状酌量《じょうじょうしゃくりょう》がつき、過怠牢舎《かたいろうしゃ》三十日の軽刑を済ませた後、友七、お文の養女となったのである。

あのとき、お美濃にお縄をかけた友七には、お白洲《しらす》で泣き叫んだお美濃の言葉が忘れられないものになった。

お美濃は端《はな》から周三郎を刺すつもりはなかったのである。

それなのに、周三郎はお美濃からおとっつァんと呼ばれ、どこの誰のことを言ってるんだという顔をし、挙句、お佐津のことを悪《あ》し様《ざま》に嘲《あざけ》った。

「あの男があんなことを言うまでは、あたしは本気で刺そうなんて思っちゃいなかった！　あたしを娘と認めてくれないのは許せるとしても、あの男がおっかさんを侮辱することだけは、どうしても許せなかった……」

お美濃のその言葉ほど、そのときの気持を端的《たんてき》に言い表したものはないだろう。

周三郎がお佐津を否定したということは、お美濃も否定されたということ……。

恐らく、お美濃は父親《てておや》を恨《うら》んでいたのではなく、求めていたに違いない。

おとっつァん！

そのひと言が、まさか、無残にもお美濃の夢を打ち砕《くだ》いてしまうとは……。

求める心が強ければ強いほど、叶わなかったときの疵《きず》もまた大きく、親子だからこそ、なお一層、その疵は大きくなる。

友七はそんなお美濃を傍で見てきて、二度とこの娘に哀《かな》しみを味わわせてはならないと思った。

それ故、お美濃を養女にしてからというもの、ただただ、お美濃の幸せだけを考えてきたのである。

そして、いずれはお美濃に相応《ふさわ》しい婿を取り、女《おな》ごとしての幸せを摑んでほしい。

そう思っていたに違いないのに、現実にそれが目の前に迫りつつあると、何故《なぜ》かしら、素直に悦んでやるべきことが悦べない。

お葉には、そんな友七の気持が手に取るように解った。

けど、親分、諦めな……。

何かを選べば何かを失う。

何もかもが思い通りにはいかないもので、それが、生きていくということなんだから……。

大丈夫だよ、親分。お美濃は心根《こころね》が優しく賢《さと》い娘だもの、誰と所帯を持ったところで、決して、親分やお文さんを蔑《ないがし》ろにしないだろうからさ……。

そんなことを考えながら堀割を渡ると、ヒュルルと木立《こだち》の悲鳴が耳を衝《つ》いてきた。

草木も川も地面も、冬ざれの中にひっそりと佇《たたず》んでいるように見える。

朝次……。

少しは快方《かいほう》に向かってくれているのだろうか……。

そして、お富……。

朝次のことで己を責め、そのため、今度はお富までが寝込むようなことにならなければよいのだが……。

そうだ！　あたしにはまだまだやらなきゃならないことがある。
お葉は我が身に気合を入れると、きっと顎を上げ、歩く速度を速めた。

第三章　あらたま

「で、その後、朝次の容態《ようだい》はどうだえ?」

お葉が得意先へのお歳暮《せいぼ》に熨斗《のし》をつけながら、ちらとお富を窺《うかが》う。

「へえ、それが……。立軒さまが言われるには、やっぱり肺水腫《はいすいしゅ》を引き起こしたらしくて、胸の息苦しさばかりか、突然痙攣《けいれん》を起こしてみたり、気が遠くなるらしくて……。立軒さまや代脈《だいみやく》(助手)たちが話しかけても心ここにあらずで、人の言うことが理解できているのかどうか、それも判《わか》らないとかで……」

お富が眉根《まゆね》を寄せる。

すると、熨斗に筆を走らせていた正蔵が割って入った。

「朝次に他人《ひと》の言うことが理解できねえのは、何も今に始まったことじゃねえ……。診療所では朝次の知恵が他人《ひと》より劣《おと》ってることを知っていても、どの程度の惚《ぼ》け茄子《なす》かまで知らねえもんだから、そんなことを言ってるのじゃねえか?」

「いえね、あたしも言ったんですよ。朝次には十歳ほどの知恵もないって……。けど、立軒さまがそんなことはとっくに承知で言ってるんだと、そう言われるんですよ……。それを聞いたら、あたし、生きた空《そら》もなくて……。だって、現在《いま》じや、あの子、ろくすっぽう会話も出来なくなってるんですよ……。まっ、元々、口鉾《くちぼこ》ってわけでもなく、こっちから話しかけない限り、自《みずか》ら口を開くような子じゃなかったんですがね……。それでもいくらかは喋《しゃべ》っていたというのに、現《い》在《ま》じゃ、口を開けば、犬のことばかり……」

「犬？　ああ、朝次が川に飛び込んで、助けようとした犬のことかえ？」

お葉がそう訊《たず》ねると、お富が大仰《おおぎょう》に首を振る。

「いえ、朝次が言ってるのは、納屋《なや》に隠していた犬のことですよ。ゴンを見つけなきゃ、ゴンを助けなきゃって……」

「えっ、じゃ、朝次はその犬に名前までつけてたのかえ！」

お葉が驚いたように声を張り上げる。

お富が苦《にが》りきった顔をして頷《うなず》く。

「あの子ったら、ここに連れ帰ったときから、ゴンと呼んでましてね。なんでゴンなのかと訊《き》くと、犬だから……。それで、何故《なぜ》、犬ならゴンなのさ、とさらに畳《たた》みかけると、知らねえ……、けど、犬はゴンという名前なんだ、と意地張《いじば》ったように言いましてね」

お葉と正蔵が、呆《あき》れ返ったように顔を見合わせる。

「よっぽど、朝次はゴンという名に思い入れがある、というか、以前、そんな名前の犬を飼ってたのかもしれねえ……。可哀相《かえいそう》に、それで、身動きならねえ状態になっても尚《なお》、ゴンのことが頭から離れねえのか……。おう、きっとそうに違《ちげ》ェねえや！」

正蔵が納得したように頷いてみせる。

「けど、お富、朝次に言ってやったんだろう？　朝次が連れて来た子犬は、あのとき男に連れ去られ、依然《いぜん》そのままだってことを……」

お葉がそう言うと、お富は困《こう》じ果てた顔をした。

「ええ、そりゃ言いましたよ。けど、あの子、解《わか》っているんだかいないんだか……」

「そりゃや、解ってねえな……。あいつは思い込んだが最後、一途《いちず》だからよ。とにかく、順序だって物事が考えられねえ……。きっと、朝次の頭の中には、ゴンという犬のことしかねえんだろうさ……。こうなったら、もうおてちん（お手上げ）でェ！　朝次が犬のことを忘れてくれるまで放っておくより手がねえとくる……」

正蔵が苦虫《にがむし》を嚙《か》み潰《つぶ》したような顔をする。

「まっ、そういうことだね。ところで、朝次の犬を連れ去ったという男のことで、何か判ったのかえ？　そう言えば、友七親分もあれっきりだもんね……。いまだに、その男がどこの誰兵衛《だれべえ》で、なんのためにそんなことをしたのか判らないってこと……」

お葉が訝《いぶか》しそうに正蔵を見る。

正蔵も首を傾《かし》げた。

「一応、手は尽くしてみると言ってやしたがね……。けど、あれからもう一月《ひとつき》近く経《た》ちやすからね。何か判ってもよさそうなものを……」

「これが人間相手というのなら、もっと躍起《やっき》になって捜《さが》してくれるのだろうが、相手が犬というんじゃね……。お富、済まないが、もう暫《しばら》く朝次の聞き役を務《つと》めておくれでないか？　そのうち、朝次も犬のことは諦《あきら》めてくれるだろうからさ……」

お葉がお富に目まじする。

「へっ、解ってますんで……。ゴン、ゴン、と毎日名前を聞かされるのは、そりゃ堪《たま》りませんよ。けど、そう呼び続ける朝次は、もっと辛《つら》いんでしょうからね……。ただね、あたしはせめてゴンが息災《そくさい》だということだけでも知らせてやれば、朝次の治《なお》りも早いのじゃないかと思いましてね……」

「そうだよね。じゃ、気休めでいいから、そう言っておやりよ」

お葉がそう言うと、お富がえっと目を瞬《しばたた》く。

「気休めに嘘《うそ》を吐《つ》けと……。だって、あの男があれから犬をどうしたのかも判らないというのに……。もしかすると、あの男の手ですでに処分されたのかもしれないんですよ?」

するど、今度はお葉のほうが目をまじくじさせる。

「えっ、処分だって! まさか……。なんでそんなことをしなくちゃならないのかえ?」

「………」

お富は言葉に詰まった。

「いや、お富の言うとおりかもしれねえ……。民間呪術《じゅじゅつ》とかなんとかで、子犬を生贄《いけにえ》として使うのかもしれねえからよ……。これが猫なら、三味線《しゃみせん》の皮にされるってこともあるんだろうが、犬はそうはいかねえ……。そうなると、あとは食肉として食うか、生贄……」

正蔵が仕こなし顔に言う。

「止《よ》しとくれよ！　食うだの生贄だのと……。ああ、鶴亀《つるかめ》鶴亀……」

お葉が大仰に身顫《みぶる》いしてみせる。

「そうですよ、宰領《さいりよう》（大番頭格）！　気色《きしよく》の悪いことを言わないで下さいな。けど、宰領が言うように、あの犬が現在《いま》も息災にしているとは言い切れませんからね……。あたしは口が裂《さ》けても、朝次にそんなことは言えません！　せいぜい、あたしに言えることは、きっと息災にしているだろうから、心配するなってことくらいで……」

お富が苦々《にがにが》しそうに顔を顰《しか》める。

「おっ、済まねえ……。俺《おり》ャ、別に厭味《いやみ》で生贄なんてことを言ったんじゃなくて、ただ、そうでなければいいのにって意味で言ったまででよ……。悪かったな、忘れてくんな」

正蔵が決まり悪そうに言う。

お葉は一瞬気まずくなったその場の空気を払うかのように、お富にふわりとした笑《え》みを投げかけた。

「お富、これから診療所に行くんだろ？　じゃ、立軒さまにこれを渡しておくれ……。朝次を預かってもらって、そろそろ一月《ひとつき》になろうとするからね」

お葉はそう言うと、長火鉢《ながひばち》の小引き出しから紙包みを取り出し、お富に手渡す。

「これは？」

「一月《ひとつき》分の薬料《やくりよう》（治療費）だよ。この前、朝次を見舞った際に書出《かきだし》（請求書）を貰《もら》ったんで、それに心付けを少々……。お礼かたがた、改めてあたしもお歳暮を持って挨拶《あいさつ》に行くつもりだけど、年の瀬だからね。薬料は早いとこ渡しておいたほうがいいと思ってさ！」

「はい。解りました。じゃ、あたしはこれで勝手をさせてもらいますが、八ツ（午後二時頃）までには戻って来ますんで……」

お富は紙包みを大事そうに胸の間《あわい》に挟《はさ》み、深々と頭を下げて茶の間を出て行った。

お葉はお富の姿が見えなくなるのを見届け、ふうと太息《ふといき》を吐いた。

「立軒さまの診立《みた》てではあまり芳《かんば》しくなさそうだが、なんとも気懸《きが》かりなことだね……」

正蔵も蕗味噌《ふきみそ》を嘗《な》めたような（苦々しい）顔をする。

「いや、正《まさ》な話、あっしも朝次のあまりの衰弱《すいじゃく》ようを見て、危惧《きぐ》してやしてね……。なんせ、あのがっしりとした体軀《たいく》の男が、見る影もねえほど窶《やつ》れちまってたもんだから、これまでの半分ほどしかねえんだからよ……。それで気になって、顔なんて、敬吾さんを摑《つか》まえて、大丈夫《でえじょうぶ》なんだろうか、と訊ねたんでやすがね……」

「えっ、おまえもかえ？　いえね、あたしも立軒さまに訊ねるのはさすがに気が退《ひ》けたもんだから、二日ほど前に、敬吾さんに訊ねたんだよ」

「なんて言ってやした？」

「肺水腫は此度《こたび》の溺水《できすい》が原因と思えるが、元々、朝次は心《しん》の臓《ぞう》があまり丈夫《じょうぶ》じゃなかったみたいでね……。ところが、これまでは体つきが頑丈《がんじょう》に出来てるもんだから、いかにも息災そうに見せていたが、此度のことで食が進まなくなり、それで一気に身体《からだ》のあちこちが悲鳴を上げていったのだろうと……」

お葉が辛そうにそう言うと、正蔵が大仰に相槌《あいづち》を打つ。

「あっしも敬吾さんからまったく同じことを聞きやした……。それで、居ても立ってもいられなくなりやしてね。これはなんでも、入船町《いりふねちょう》の兄貴に一報しておいたほうがよいのじゃねえかと思い、女将《おかみ》さんに無断で、兄貴の許《もと》に知らせに走ったんでやすよ……」

「えっ、そうだったのかえ！　ああ、よく気を利《き》かせておくれだね。それで、兄さんはなんて？」

お葉が身を乗り出す。

正蔵は忌々《いまいま》しそうに唇をへの字に曲げた。

「まったく、ふさふさしい（太々《ふてぶて》しい）ったらありゃしねえ！　あの兄貴、なんて言ったと思いやす？」

「…………」

「兄貴は夕一《ゆういち》っていうんでやすがね。あいつ、朝次の容態が悪いと聞いても、顔色ひとつ変えやしねえ……。それればかりか、朝次はたった一人の弟かもしれねえが、親父《おやじ》が早くに亡くなってからというもの、兄貴の俺がうすのろの弟を連れてどれだけ苦労したか解ってるか？　やっとのことで、死んだ古骨買い（古傘の骨を買い歩く人）の源吉爺《げんきちじい》の世話で手許《てもと》を離れてくれ、そこから先は、兄弟《きょうでえ》といっても他人のようなもの……、実際、現在《いま》じゃ俺も六人の子持ちで、朝次が奉公先でどうなろうと知ったことじゃねえ、とつるっとした顔で口幅《くちはば》ったいことを言いやがって！　あっしはカッと鶏冠《とさか》に来たもんだから、ああ、よいてや、じゃ、今後、朝次がどうなろうと長ェ《なげ》の短ェ《みじけ》のとほざくんじゃねえぜ！　と啖呵《たんか》を切って帰《けえ》って来たってわけで……。へっ、出過ぎた真似《まね》をして済みやせんでした」

正蔵が気を兼《か》ねたように言う。

「何が出過ぎた真似だろうかよ！　ああ、よく言ってくれた！　あたしも胸がすくような想《おも》いだよ。けど、なんて兄弟だえ！　いくら六人の子持ちといったって、兄弟は兄弟じゃないか……。ああ、よいてや！　向こうがその気なら、うちは朝次の肉親に何ひとつ気を兼ねることはない……。むしろ、早いとこ兄貴の腹が読めて良かったよ。朝次は日々堂の一員、あたしたちの身内として、これからも親身《しんみ》に世話をしてやろうじゃないか！」

お葉が決意も新《あら》たに、正蔵に目を据《す》える。

「そういうこと！　こいつァ、なんとしてでも、朝次を元の身体に戻してやらなきゃなりませんね」

正蔵がお葉を瞠《みつ》める。

その目の底には、たとえようのない不安が……。

お葉は朝次へと想いを馳《は》せた。

朝次を日々堂で引き取って一年半近くになろうとするが、当初は、二十五歳になっても読み書きのひとつも出来ず、雑用をやらせれば自らの判断が出来ないために、もう止《や》めてよいと言われるまで一心不乱《いっしんふらん》にやり続け、小僧としてもろくに使えない、そんな男だったのである。

そんな朝次であるから、日々堂が斡旋《あっせん》したお店《たな》からはことごとく暇《ひま》を出される始末で、間に入った正蔵は頭を抱《かか》えた。

というのも、親元に戻そうにも朝次の双親《ふたおや》はもうこの世の人ではなく、たった一人の兄からも引き取ることを拒《こば》まれるといった有様《ありさま》で、それで仕方なく、日々堂の下働きとして受け入れることになったのであるが、朝次は図体《ずうたい》ばかりが大きく知恵の廻《まわ》りは幼児並みときて、小僧の中にいても常に浮いた存在……。

はてさて、今後、朝次をどう扱ったらよいのか……。

と、そんなふうに正蔵は頭を抱えていたのだが、なんとお葉の提案で、朝次をお富の下に就《つ》けて風呂焚《ふろた》き番をやらせてはどうだろうかということに……。

すると、膝《ひざ》とも談合とはよく言ったもので、どんな人間でも某《なにがし》かの役に立つとみえ、朝次は風呂焚き番が打ってつけの仕事だったのである。

何しろ、日々堂は四十名近くの大所帯である。

しかも、仕事柄、店衆《たなし》の毎日の入浴は欠かせず、風呂焚き専門の者がいてくれると大層助かるというもの……。

ひと口に風呂焚き番といっても、水汲《みずく》み、薪割《まきわり》、竈番《かまどばん》と、その仕事は席の暖まる暇がないほど忙しく、体力だけは人一倍といった朝次には、まさに、もってこいの仕事だったのである。

そして、朝次の指導係となったお富……。

お富もまた新たなる使命を与えられ、水を得た魚《うお》のごとく生き返った。

何故ならば、お富には、かつてお葉の母久乃《ひさの》と一緒に上方《かみがた》に逃げ陰陽師《おんみょうじ》に入《あ》れ揚げた挙句《あげく》、二十五年ぶりに元も子もなくして江戸に舞い戻ると、深川石場《いしば》の女郎屋で下働きをしていたところをお葉に拾われ、日々堂のお端女《はした》になったという経緯《いきさつ》が……。

そしてお葉はといえば、ひょんなことからお富に銀仙楼《ぎんせんろう》の遊女夕霧《ゆうぎり》の弟を捜してほしいと依頼を受け、それが契機《きっかけ》で、お富を放っておけなくなってしまったのである。

夕霧の弟永井和彦《ながいかずひこ》は簡単に見つけることが出来た。が、念願叶《かな》って現在《いま》は槍組同心《やりぐみどうしん》となった和彦は姉の存在を否定し、結句、夕霧は弟と再会することなくこの世を去っていくことに……。

夕霧の死を知らせに来たお富は、遺体は千住《せんじゅ》の浄閑寺《じょうかんじ》に運ばれていった、と肩を落とし、いずれ、自分も同じ運命を辿《たど》ることになるだろうと呟《つぶや》いた。

その言葉を聞き、お葉の腹は決まった。

「そんな……。ねっ、お富さん、切見世《きりみせ》の下働きなんか辞《や》めて、うちに来る気はないかえ？　ごらんの通り、うちは大所帯だ。下働きはいくらでも要《い》るからね。それに、おまえさんとはよし乃屋にいた頃からの縁……。あたしの傍《そば》に来てくれれば、おまえさんの先行きはあたしが責めを負《お》うからさ！　ねっ、そうおしよ」

お富はその言葉を聞き、目をまじくじさせた。

お富はお葉の母久乃がよし乃屋の有り金すべてを持ち出し、上方に逃げたときに同行した仲間である。

つまり、お葉から見れば仇《かたき》といってもよい女《おな》ごだというのに、恨《うら》むどころか、手を差し伸べようとしてくれるのが信じられなかったのであろう。

お葉は戸惑《とまど》うお富を前に、さらに続けた。

「おまえさんを見ていると、おっかさんを思い出してね。そりゃさ、おっかさんのことをいろいろと恨んだこともあったよ。けど、おまえさんから上方に行ってからのことを聞いただろ？　あの女《ひと》も充分苦しんだのだなと思うと、いつまでも恨んでなんかいられない……。だからさ、おっかさんが生きていたらしてやりたいと思うことを、おまえさんにしてやりたいんだよ」

「お葉さん、おまえって女《ひと》は……」

お富は感に堪《た》えず、目に涙を浮かべた。

「おまえさんのおっかさん同様、あたしは陰陽師に入れ揚げて騙《だま》された、罰当《ばち》たりな女《おな》ごなんだよ？　それなのに、おまえさんはこのあたしに手を差し伸べようというのかえ」

「莫迦《ばか》だね。手を差し伸べようというのじゃないんだ。うちは便り屋でもあるが、口入屋《くちいれや》なんだよ。おまえさんに下働きの仕事を斡旋しようとしているだけじゃないか」

「申し訳ないことで……。有難《ありがと》うございます。お葉さん、あたし、なんと礼を言えばいいか……」

お富はそんなふうにして日々堂に引き取られてきたのだが、勝手方には女衆《おなごし》の手が充分足《た》りていて、おはまも自分とさして歳《とし》の違わないお富を使いづらいようで、そこで、お富にはもっぱら風呂係を委《まか》せることに……。

とはいえ、お富もはや六十路《むそじ》近くである。

そこに朝次という知恵は廻らないが力持ちの男を配下につけたのであるから、俄然《がぜん》、お富は張り切った。

「なんだえ、その斧《おの》の使い方は！　力任《ちからまか》せに振り下ろせばよいというもんじゃないんだからさ……」

「駄目、駄目、そんな積み上げ方じゃ、薪が崩《くず》れ落ちてしまうじゃないか！」

「朝次、水を零《こぼ》すんじゃない！　貴重な水なんだから、一滴たりとも粗末《そまつ》に扱うんじゃない！」

「あァあ、なんだえ、その薪のくべ方は……。それじゃ、すぐに火が消えちまうじゃないか！」

「いいかえ、焚き口から目を離すんじゃないよ！　日々堂から火を出すなんてことがあったら、世間さまに顔向け出来ないからね。おまえの生命《いのち》を一つや二つ差し出したって、帳尻《ちょうじり》が合いやしない！」

と、こんな具合に、早朝から、朝次を叱《しか》り飛ばす声が裏庭中に響《ひび》き渡るのだった。

当初、お富のどす声（胴間声《どうまごえ》）に厨《くりや》の女衆は眉根を寄せていたが、慣《な》れとは怖ろしいもので、この頃うち、お富の声がしなければ、それもまた、心寂《うらさみ》しく感じてしまう。

おはまに言わせると、どうやら、お富は朝次が憎《にく》くて鳴り立てているのではなく、一日も早く、朝次を一人前の風呂焚き番に仕立てようと、ああして愛の鞭《むち》を揮《ふる》っているのだとか……。

そして、おはまはこうも言っていた。

「女将さん、気がつきました？　此《こ》の中《じゅう》、お富さんが朝次を鳴り立てる声に愛《いと》しさが漂《ただよ》っていると……。しかも、朝次も朝次ですよ。お富さんの甲張《かんば》った声が鳴り響くと、嬉《うれ》しそうにでれりと眉を垂《た》れてるんですからね……。あたしに言わせりゃ、あの二人はどこから見ても、立派に母子《おやこ》……」

お葉はそれを聞き、訝しそうに首を傾げた。

「へえエ、そうかえ……。あたしに言わせれば、あの棘《とげ》のある声には情愛なんてひと欠片《かけら》もないと思うがね。どう見たって、縄暖簾《なわのれん》に凭《もた》れるような朝次に、お富が業《ごう》を煮《に》やしているとしか思えない……」

「それが早とちりってもんで……。ほら、よく、へちむくり（莫迦野郎）ほど可愛《かわい》いというじゃないですか……。お富さんもその口で、可愛さあまって憎さ百倍ってなもんで、わざと背《そむ》いたことを言ってるんですよ……。だって、あたしたちがうっかり朝次のことをがんぼとでも呼ぼうものなら、お富さん、目を剝《む》きますからね……。あの女《ひと》、自分が朝次のことを悪く言うのは構わないのに、他人《ひと》が悪く言おうものなら、怒《いか》り心頭《しんとう》に発し、手がつけられなくなるんだから……」

なるほど、そういうことか……。

お葉も納得し、それで初めて、お富の朝次への入れ込みようを知ったのだった。

そんなお富であるから、此度、朝次が病《やまい》を得たことで、どれだけ胸を傷《いた》めたことであろうか……。

しかも、朝次が溺水する原因《もと》を作ったのがお富の猿利口《さるりこう》からというのであるから、その胸の内はいかばかりであろう。

「女将さん、何を考えておられるので？　ほら、手が休んでるじゃないですか……」

正蔵に言われ、お葉がはっと我に返る。

「そうだった……。早いとこ、お歳暮を配《くば》って廻らなきゃね」

すると、厨のほうから声がかかった。

「女将さん、寺嶋村《てらじまむら》の靖吉《やすきち》さんがお見えですが……」

おせいの声である。

どうやら、靖吉が年末の挨拶に来たようである。

日々堂のお端女おさとが靖吉の後添《のちぞ》いに入ったのが、桃の節句《せっく》……。

あれから九月《くつき》が経つのである。

この夏、盂蘭盆会《うらぼんえ》におさとが靖吉に連れられ盆礼《ぼんれい》に来たときに、おさとのお腹《なか》に赤児《やや》が宿ったと言っていたが、確か、あのとき三月《みつき》と言っていたので、では、そろそろ産《う》み月が近いのでは……。

お葉は居ても立ってもいられなくなり、おせいに声をかけた。

「靖吉さん、一人かえ?」

おせいが障子《しょうじ》をするりと開け、ええ、それが……、と戸惑ったように背後を振り返る。

「えっ、臨月《りんげつ》が近いというのに、まさか、おさとも一緒にっていうんじゃないだろうね？」

お葉が驚いたように立ち上がろうとすると、おせいは困じ果てた顔をした。

「それが……、葛西《かさい》の仲蔵《なかぞう》さんも一緒なんですよ」

えっと、お葉と正蔵が顔を見合わせる。

あれほど子持ちの靖吉に一人娘を嫁《とつ》がせることを拒み、終《つい》しか、祝言《しゅうげん》にも顔を見せなかった仲蔵である。

その仲蔵が、しかも、靖吉と二人して訪ねて来たとは……。

「おせい、早く、茶の間にお通ししな！」

お葉はそう言うと、正蔵に周囲《まわり》を片づけるようにと目まじした。

正蔵が挙措《きょそ》を失い、あたふたと硯箱《すずりばこ》を片づける。

そして、ちらとお葉を窺った。

その目は、一体何があったのでやしょう？　と言っているようだった。

仲蔵は腰を屈《かが》め、気を兼ねたような恰好《かっこう》で茶の間に入って来た。

「これはまっ、仲蔵さん！　お久し振りで……。確か、正月明けにあたしが葛西村をお訪ねして以来と思うから、おやまっ、一年振りってこと……」

お葉が靖吉の背に隠れるようにして入って来た仲蔵に、さあ、どうぞ、と傍に寄るようにと促《うなが》す。

「その節《せつ》はとんだ愛想《あいそ》なしで、なんら持て成すことも出来ずに済まねえことをしちまって……」

仲蔵はよほど緊張しているとみえ、冬場というのに月代《さかやき》に汗の粒を浮かべ、怖《お》ず怖ずと上目《うわめ》にお葉を窺った。

「いや、いいんだよ。これでも、あたしは一人娘を嫁に出す父親《てておや》の気持ってものが解っているつもりだからさ……。けど、驚いたよ。まさか、仲蔵さんと靖吉さんが一緒だとはねえ……。夢を見てるんじゃないだろうね？」

お葉はそう言いながらも、お茶を淹《い》れる手を休めない。

「そうでェ、こりゃ一体《いってえ》どういう風の吹き回しで？」

正蔵が割って入る。

靖吉は照れ臭そうに、仲蔵に目をやった。

「驚かれるのもご尤《もっと》もで……。実は、あっしも夢を見ているようでやして……。いえね、おさとの悪阻《つわり》が治《おさ》まったのを見計《みはか》らい、亥《い》の子の祝いにおさとを葛西に帰《けえ》らせたんでやすよ。ご存知のように、おとっつァんに祝福されねえまま、半《なか》ば奪い去るようにしておさとと祝言を挙《あ》げちまったもんだから、ずっと気にしてたんでやすよ……。それに、赤児《やや》が生まれることも知らせてなかったもんで……。やっぱ、生まれる前《めえ》におとっつァんには知らせておくのが筋だと思いやしてね。それで、お叱り覚悟で、まっ、言ってみれば、賭《か》けみてェなもんで……」

靖吉がそう言い、そろりと仲蔵を流し見る。

「何言ってやがる、何が賭けかよ！　それじゃ、俺がよっぽど情け知らずの業突《ごうつ》く爺《じじい》みてェじゃねえか……。てんごう言ってんじゃねえや！　どこの世界に、娘に赤児《やや》が出来たと聞いて、悦《よろこ》ばねえ親があろうかよ」

仲蔵がムッとしたように言う。

「けど、俺には先妻が産んだおひろという娘がいるし、そのことが原因で、おとっつァんには祝言に顔を出してもらえなかったからよ……」

靖吉が鼠鳴《ねずみな》きするような声を出す。

「そりゃ当然ってもんでよ……。たった一人の娘を、誰が好《す》き好《この》んで子持ち男の嫁にやろうか……。だが、おさとは俺が何を言おうと聞く耳を持たねえ……。だったら好きにしなってもんで、祝言に顔を出すことはしなかったが、赤児《やや》が生まれるとなったら話が違うからよ……。だって、そうだろう？　おさとが産む子は、俺の孫……。嬉しくねえわけがねえだろうに！」

お葉はふふっと頰《ほお》を弛《ゆる》め、仲蔵と靖吉に茶を勧《すす》めた。

「どっちにしたって、良かったじゃないか！　おさとのお腹の赤児《やや》が、仲蔵さんと靖吉さんの仲を取りなしてくれたんだもんね。そりゃそうと、おさとはそろそろ産み月が近いんじゃないかえ？」

仲蔵と靖吉の顔がぱっと輝く。

「そうなんでやすよ！　実は、一廻り《ひとまわ》（一週間）ほど前《めえ》に生まれやして……」

「それも、男の子！　こんなにめでてェことはねえ」

まあ……、とお葉は目を瞠《みは》った。

一廻り前といえば、予定より随分《ずいぶん》と早いのではないかと思ったのである。

「あっしに似て、お腹の赤児《やや》もせっかちなんでしょうかね？　産婆が言うには、二月早《ふたつきはえ》ェそうで……。ところが、生まれてみると、目方《めかた》が常並《つねなみ》より少し小《ちい》せェだけで、赤児《やや》も丈夫そのもので……」

お葉の想いを察し靖吉がそう言うと、仲蔵が、いんやのっ、梅《うめ》は葛西の顔よ……、それが証拠に、おさとの兄卓一《たくいち》が生まれたときの顔に瓜割四郎《うりわりしろう》でよ、と味《み》噌気《そけ》に言う。

卓一とはおさとの兄のことで、つまり、仲蔵は生まれた赤児《やや》が自分に似ていると言いたいのであろう。

「まあ、もう名前まで……」

お葉が目を瞬くと、靖吉が苦笑《にがわら》いする。

「それが……。赤児《やや》が生まれたと葛西に知らせやしたところ、すぐさまおとっつァんが駆けつけて来なさって……。しかも、名前《なめえ》はもう決めた、と言いなさるじゃねえか……。というのも、赤児《やや》が無事に生まれたと知らせを聞いたとき、おとっつァんの頭の中に梅という文字がちらついたそうでやしてね……。それで、男の子なら梅吉《うめきち》か梅助《うめすけ》、さもなくば梅一《うめいち》、女ごの子なら迷うことなく、お梅……と。あっしもおとっつァんにそうまで言われたんじゃ、なんだか無下《むげ》に断れねえように思えてきて、それで、梅一と……」

「梅一……。そうだよね！　正月はもう目の前だもの、新春らしくて、良い名前じゃないか……。ねっ、宰領、おまえもそう思うだろ？」

お葉が正蔵に目まじする。

「ああ、良い名だ！　だが、なんでまた梅という文字が頭の中に……」

すると、仲蔵が決まり悪そうに、全員を見廻《みまわ》した。

「なんでと言われても困るんだが……。いや、こう言うと嘘みてェに聞こえるかもしれねえが、赤児《やや》が生まれたと知らせを受けたとき、どこかで鶯《うぐいす》が鳴いたような気がしたもんで……」

ああ……、とお葉と正蔵が頷き合う。

梅に鶯……。

気に染《そ》まない男に娘を奪われ、長いこと冬の寒さの中に閉じ込められていた仲蔵に、やっと春が訪れたということなのだろう。

お葉は満面《まんめん》に笑みを湛《たた》え、なんにしたってめでたいね！　と手を打った。

「さっそく、寺嶋村まで祝いに駆けつけなきゃと言いたいところだが、年の瀬は何かと遽《あわただ》しい……。そうだ！　松が明けてからでも、梅坊《うめぼう》の顔を拝《おが》ませてもらいに行こうかね」

すると、靖吉と仲蔵が目まじして、ひと膝前へと躙《にじ》り寄る。

「そのことなんでやすが、お七夜《しちや》の祝いはもう済ませちまったもんで、百日《ももか》の祝いにお越《こ》し願うわけにはいかねえものかと……」

靖吉が気を兼ねたように言う。

「百日って、ああ、食い初《ぞ》めだね。けど、それだと、三月《みつき》も先の話じゃないか……。それまで、あたしは赤児《やや》の顔が拝めないってわけかえ？」

お葉が不服そうにそう言うと、靖吉が慌てる。

「いえ、そういうわけじゃ……。寺嶋村がもっと近ければ、女将さんにちょくちょく赤児《やや》の顔を見に来て下せえと言えるんだが、なんせ、こちらさまは忙しい稼業……。それに、あっしのほうとしても、あんなむさ苦しい百姓家にいつでもお越しをとは言えねえもんで……。せめて、祝い事のあるときに、腹を括《くく》ってお迎えするのでなければ、とてものこと、出来ねえ芸当でやして……」

すると、仲蔵が助け船を出す。

「こいつの言うとおりで……。あっしがこいつの立場であっても、きっと同じことを言うかと思いやす……。あっしの場合は知らせを受けてすぐさま駆けつけたもんだから、そのままずるずると居坐《いすわ》っちまって、いっその腐《くさ》れお七夜までは、と勧められるまま寺嶋村に留《とど》まりやしたが、一旦《いったん》、この脚《あし》で葛西に戻るつもりでおりやしてね……。が、食い初めには再び寺嶋村に出向くつもりでやすんで、女将さんもそうなさったらいい……。いえね、正な話、あっしは安堵《あんど》しやしてね。通常、初産《ういざん》は実家《さと》でするものと言われていても、おさとは母親を早くに亡くし、実家に戻っても気詰まりなだけでやすからね……。そりゃ、兄貴の嫁がいることにはいやすよ……。けど、嫂《あによめ》じゃ、母親のようには痒《かゆ》いところに手が届かねえ……。それで、おさとが寺嶋村で産むことには反対《はんてえ》しなかったんだが、女手《おんなで》のねえ寺嶋村で果たして大丈夫《でえじょうぶ》かなと心許《こころもと》なく思ってたところ、なんのつけ（なんの莫迦莫迦しい）、案じるこたァありやせんでした……。村の女衆が入れ替《か》わり立ち替わり、親身になっておさとの世話をしてくれる姿を見て、改めて、良いところに嫁にやったと思いやしてな……」

仲蔵がしみじみとした口調《くちょう》で、おさとがいかに村の連中に可愛がられているかを話して聞かせる。

お葉も村の連中とは顔合わせや祝言の際に逢《あ》っていたので、仲蔵が感慨《かんがい》深そうに言うのが手に取るように解った。

「ああ、あたしもあの女《ひと》たちのことは知ってますよ……。心根《こころね》の優《やさ》しい女《ひと》ばかりで、それでおさともすぐに皆の輪に溶《と》け込んでいけたんだろうが、それは、おさとが裏表《うらおもて》のない素直な女ごと皆に解ってもらえたからなんだよ……。いや、それだけじゃない！　靖吉さんが村の連中にいかに慕《した》われているかも忘れちゃならない……」

お葉が靖吉を瞠める。

靖吉は恥ずかしそうに俯《うつむ》いた。

「ああ、そいつァ言えてる！　此度、あっしも一廻りほど寺嶋村に留まり、こいつの為人《ひととなり》を改めて知ったからよ……。しかも、こいつの良いところは、人間が出来てるというだけじゃなく、野菜作りにかけては天下一品！　こいつの野菜への思い入れは半端《はんぱ》じゃねえからよ」

仲蔵が目を細める。

お葉も以前おさとが言っていた言葉を思い出した。

仲蔵がおさとに縁談を見つけてきて、葛西に連れ帰ろうとしたときのことである。

あのとき、おさとはお葉やおはまの前で、自分には好いた男がいると打ち明け、靖吉のことをこう話した。

「嫌《いや》だ、あたし！　葛西には帰らない。あたしは靖吉さんと約束を交《か》わしたんだもの……。あの男《ひと》ね、病のかみさんを抱えていて、現在《いま》一番大変なときなんだって……。医者はもう匙《さじ》を投げたらしくて……。それで、かみさんの最期《さいご》を看取《みと》ってやりたい、とそう言うの。あたしはそれでもいい……。あの男《ひと》が身軽になるまで待つつもりよ。おとっつァんが見つけてきた縁談に比べると、靖吉さんはうちと同じ三段百姓《さんだんびやくしよう》だけど、おはまさんも前に言ってたでしょう？　靖吉さんの作る野菜には外《はず》れがないって……。あの男《ひと》ね、他人《ひと》に美味《おい》しいと言ってもらえる野菜を作るのが何よりの生き甲斐《がい》だと、口癖《くちぐせ》のように言うの。あたし、そんな靖吉さんに惚《ほ》れたんだ。あたしがこの男《ひと》の支えになろう、そうして、もっともっと美味しい野菜を作るんだ！　そうすれば、女将さんやおはまさん、日々堂の皆に美味しい野菜を届けられると思って……。ねっ、おとっつァん、許して下さいな。おとっつァんの描いた夢には添《そ》えないけど、あたしは靖吉さんと一緒に歩み、支え合いながら諸白髪《もろしらが》となるほうが幸せなんだから……。不肖《ふしよう》の娘と恨んでくれてもいい！　けど、おとっつァんさえ許してくれるのなら、靖吉さんと所帯を持ったあとも、おとっつァんの娘として孝行していくつもりなんだから……」

が、仲蔵はそんなことで簡単に折れる男ではなかった。

それで、お葉が間に入り、おさとがここまで腹を決めているのなら、もう何を言っても無駄だ、それより、おさとの幸せを願うのであれば、そっと見守ってやるべきではなかろうか、と説得することにしたのである。

あのとき、頑《かたく》なになった仲蔵の心を開かせたのは、お葉のこのひと言……。

「おさとが靖吉に惚れたのは、仲蔵さん、おまえさんを父親《てておや》に持ったからじゃないかえ……。おさとはね、靖吉さんが野菜作りに心血《しんけつ》を注《そそ》ぐ姿に、父親《てておや》の姿を重ね合わせたに違いないんだ……」

おさとも含羞《はにか》んだように目を伏せ、続けた。

「だって、あたしが子供の頃、おとっつァん、言ってたじゃないか……。美味《うま》くなれ、美味くなれって念仏《ねんぶつ》を唱《とな》えながら雑草を抜き、水を撒《ま》いてやると、作物は必ずや応《こた》えてくれるって……。それで、あたし、靖吉さんの話を聞いていて、おとっつァんを思い出したの」

「おさと、おめえ……」

仲蔵も靖吉も、共に大地に生きる男……。

大地の恵《めぐ》みや有難《ありがた》さを身に沁《し》みて知り、その想いは脈《みやく》々《みやく》とおさとにも受け継《つ》がれていたのである。

が、明日をも知れぬ病の身といっても、靖吉の女房がこの世にあるうちは、互いに惹かれ合ったところで、どうすることも出来ない。

それで、いつまでも待つというおさとの言葉に、区切《けじめ》として、靖吉の女房が生きている間は二度と逢わない、と二人に誓わせたのであるが、まさか、それから三月《みつき》もしないうちに、靖吉の女房が亡くなるとは……。

これでもう、何も問題はなくなったのである。

が、靖吉は祝言を女房の一周忌《いっしゅうき》を終えてからにしてくれと言ってきた。

靖吉がそう言うのも道理で、おさとも一年待つことに異存《いぞん》はないと……。

ところが、師走《しわす》に入り、再び、靖吉が祝言を早めたいと言ってきたのである。

お葉たちは息を呑《の》んだ。

「祝言を早めるったって……。おかみさんが亡くなったばかりだというのに、すぐに別の女ごを家に引き入れたんじゃ、周囲《まわり》の者に女房が死ぬのを待っていたと思われてもしょうがないので、一周忌が済むまで待つと言ったのは靖吉さんなんだよ？　それを現在《いま》になって早めたいとは、いったいどういう心境の変化なのさ」

おはまがそう言うと、靖吉に代わっておさとが説明した。

「決して、待ちきれなくなったわけじゃないんです。靖吉さんから聞かれたかと思いますが、実は、靖吉さんのおっかさんが風邪《かぜ》が原因《もと》で床に就き、何しろ歳が歳なものだから、いっこうに恢復《かいふく》に向かわなくて……。そうなると、おひろちゃんの世話はもちろんのこと、せっかく作った野菜を売り歩くこともままならず、ついに、親戚筋から一刻《いっこく》も早く後添いを貰えって話が出るようになりましてね……。このままでいると、いつ、お節介《せっかい》焼きの親戚に勝手に段取《だんど》りをされてしまうかもしれない……。それで、靖吉さんが、こうなったからには誰になんと思われようと構わない、後添いにする女ごはすでに決まっていると、皆の前で公言《こうげん》すると言い出しましてね」

おさとはそう言い、嬉しそうに靖吉を見た。

その目は、一年も待つのは本当は辛かった、と言っているようだった。

お葉にもおさとの気持が手に取るように解った。

が、お葉は靖吉に、当初、女房の一周忌が済むまで祝言を延《の》ばしたいと言ったのは、周囲《まわり》の目を気にしてというより女房を弔《とむら》いたいと思ったからではなかったか？　と釘《くぎ》を刺すのも忘れなかった。

すると、靖吉は辛そうに顔を顰め、女房には済まねえと思ってやすが、おっかさんがあんなふうになったんじゃ、背に腹は代えられねえ……、と言った。

「女将さん、解って下さいませ！　あたし、靖吉さんの後添いに入れたら、おかみさんの供養《くよう》に勤《いそ》しみます。決して忘れたり疎《おろそ》かにしませんし、靖吉さんのおっかさんの看病もします。もちろん、おひろちゃんのよきおっかさんにも……。あたし、この男《ひと》のためなら、なんだって出来る！　この男《ひと》が辛い想いをしたり、哀《かな》しい顔をするのだけは見たくないんです」

おさとは縋《すが》るような目でお葉を見た。

ここまで二人の決意が固いのでは、誰にも異存はない。

いや、異存があるとすれば、仲蔵ただ一人……。

一旦、仲蔵が二人の仲を認めてくれたといっても、あのときは、靖吉の女房が生きていたのである。

いずれ、二人が所帯を持つのは仕方がないと納得したつもりでいても、その腹の底には、そのうち、おさとの熱が冷《さ》めるのではなかろうか……という想いが潜《ひそ》んでいたかもしれない。

しかも、その時点では、靖吉の女房が死んだことも、靖吉に老《お》いた母親や娘がいることも、仲蔵にまだ伝えていなかったのである。

靖吉に長患《ながわずら》いの女房がいると知っただけで、激怒した仲蔵である。

どうして、あの時点で追い討《う》ちをかけるかのように、靖吉に七十路《ななそじ》を過ぎた母親と五歳の娘がいると伝えられようか……。

二人が実際に祝言を挙げるのはまだ一年も先の話なのだから、そのことは追々《おいおい》、様子見《ようすみ》をしながら話すことに……。

お葉はそんなふうに楽観していたのだが、どうやらそれが裏目《うらめ》に出て、むしろ問題を複雑にしてしまったようである。

が、今となっては、仲蔵に何もかも包み隠さずに話さないわけにはいかない。

年が明け、お葉はおさとと靖吉を伴《ともな》い、葛西村を訪ねた。

案《あん》の定《じょう》、仲蔵は靖吉に母親や娘がいたことを初めて打ち明けられ、それではおさとが靖吉に利用されているのも同然だ、と怒り心頭に発した。

お葉は慌てた。

「そうじゃないんだ、利用だなんて……。おさとはね、何もかも解っていて、それでも靖吉さんの支えになりたいと、誰に唆《そそのか》されたわけでもなく、自ら靖吉さんの懐《ふところ》に飛び込んでいったんだからね……。それが、男と女ごが心底尽《しんていず》くになるということで、女ごは惚れた男のためになら、どんな犠牲を払っても構わない……。おまえさんも知っていると思うが、おさとは靖吉さんが女房を看取るまで、何年でも待つつもりでいたんだからね。だから、あたしもいずれはおまえさんに姑と娘がいることを打ち明けなきゃいけないと思いつつも、もう少しときをかけて……、と思っていたんだよ」

「まさか、靖吉さんのおっかさんまでが病に倒れるとは……。これは誰にも推《お》し測《はか》ることが出来なかったことなんだよ。しかも、靖吉さんの周囲《まわり》から娘のために早く後添いをと声が上がり始めたというし、これはおさとにとって、むしろ追い風なのではと思ってさ……。ねっ、仲蔵さん、許してやってくれないだろうか？　娘はおひろちゃんといってね、年が明けて六歳になったんだけど、これが可愛い娘《こ》でさ！　おさとにも懐《なつ》いているし、傍《はた》で見ていると、まるで実の母娘《おやこ》のように見えるんだよ」

お葉は諄々《じゅんじゅん》と仲蔵を諭《さと》した。

「おとっつァん、許すと言っておくれよ！　あたし、この男《ひと》と一緒に生きていきたい。おとっつァんは靖吉さんのおっかさんやおひろちゃんのことを案じているんだろうけど、あたし、二人と仲良くやっていける！　おひろちゃんは我が娘《こ》のように可愛いし、おっかさんは靖吉さんを産んでくれた女《ひと》だもの、あたし、大事にしますから……」

おさとも懇願《こんがん》した。

「もういい！　それ以上言うな」

「えっ、じゃ、許してくれるんだね？」

「許すも許さねえもねえ！　おめえはもう俺の娘じゃねえんだからよ！　二度とこの家の敷居《しきい》を跨《また》ごうと思わねえでくれ。とっとと、その男と出て行ってくんな！」

　こうなると、もう手がつけられず、仲蔵はおさとの兄卓一の取りなしにも耳を貸そうとしない。

　すると、おさとがきっと顔を上げた。

「あんちゃん、もういいよ！　あたし、許してもらわなくてもいい。誰がなんと言おうと、あたしは靖吉さんと一緒になる！　二度と敷居を跨ぐなと言われたからには、あたしのほうからも縁を切ってやる！　女将さん、靖吉さん、さあ帰りましょう」

　そうして、喧嘩《けんか》別れした恰好で葛西の家を飛び出してしまったのであるが、お葉は最初《はじめ》から父娘《おやこ》の仲を取りなせなかったことで忸怩《じくじ》とした。

　最初から仲蔵に何もかもを打ち明けておけばよかったのに、一度に衝撃を与えたのではと後足《しりあし》を踏んだのが裏目に出て、とうとう元も子もなくしてしまったのである。

が、乗りかかった船……。ここまで来たからにはもう引き返せないし、二度と失敗を繰《く》り返せない。

お葉は腹を括って寺嶋村を訪ね、靖吉の親戚とおさととの顔合わせを済ませ、祝言の日取りを決めてくることにした。

ところが、いよいよ明日はおさとを連れて寺嶋村へと思っていた日、おさとの兄卓一が日々堂を訪ねて来たではないか……。

なんでも、その朝、おさとに渡してやれ、と仲蔵が卓一にそっと風呂敷包《ふろしきづつ》みを手渡したのだという。

おさとは風呂敷包みを開けて、絶句した。

なんと、亡くなった母親が大切にしていた小袖《こそで》が入っていたのである。

浅黄色《あさぎいろ》の鮫小紋《さめこもん》で、一見《いっけん》して地味《じみ》に見えるが、裾回《すそまわ》しに黄緑色《きみどりいろ》が使ってあり、なかなか乙粋《おついき》な小袖……。

その母の形見《かたみ》を、仲蔵がおさとに渡してやれとは……。

おそらく、仲蔵は死んだ女房が大切にしていた小袖をおさとに届けることで、幸せになれよ、と無言の言伝《ことづて》をしてきたのであろう。

しかも、卓一に託《ことづ》けてきた日が、寺嶋村に顔見せをする前日だとは……。

いかにも、不器用《ぶきよう》な仲蔵らしい行為で、おさとはこの小袖を纏《まと》い、寺嶋村に顔見せすることにしたのである。

ところが、このことで仲蔵の心も軟化《なんか》し、もしかすると祝言に列席してくれるのではないかと思っていたのに、おさとの願いは儚《はかな》くも砕《くだ》かれることに……。

仲蔵はおろか、終しか、兄の卓一も姿を見せることはなかったのである。

「女将さん、いいんですよ。あたしには頼もしい亭主と、おひろという可愛い娘がいるんですもの……。これからは寺嶋村があたしの故郷……。きっと、幸せになってみせますね！」

祝言のあと、おさとは寂《さみ》しさをひた隠し、お葉にそう微笑《ほほえ》んでみせた。

そして、靖吉と二人して盆礼に来た際に、お腹に赤児《やや》が出来たと嬉しそうに話してくれたのである。

「女将さん、大丈夫ですよ！　赤児《やや》が生まれたからといっても、おひろはあたしの大切な娘に変わりありません。決して、お腹の赤児《やや》と分け隔《へだ》てすることなく育てて見せますんで安心して下さいね」

「何言ってんだよ！　心配なんかするもんか。おさとが依怙贔屓《えこひいき》をするような女ごでないことくらい、あたしが一番よく知ってるからさ！」

それでお葉も心《しん》から安堵したのであるが、唯一《ゆいいつ》の気懸かりは、祝言を挙げてから葛西とは音信不通ということだった。

「おとっつァんとはあれきりかえ？」

「ええ……。どんな状況にあろうと父娘《おやこ》は父娘、返事を貰おうなんて思わず便りを出し続けるんだと靖吉が言うもんだから、あれから月に一度は文《ふみ》を送っていたんですけどね……」

「出しても梨《なし》の礫《つぶて》というんだね？　けど、偉いよ。無視されても諦めずに、そうして文を出し続けるとはさ」

「あたしはおとっつァんの娘ですからね。頑固《がんこ》なことでは負けてはいませんの……。嫌だァ、女将さん、そんな顔をしないで下さいよ！　あたしが何年便り屋のお端女《はした》を務めてきたと思います？　文を書くのなんて朝飯前……」

おさとはあっけらかんとした口調でそう言ったが、お葉はその面差《おもざ》しの中に寂しさが漂っていたのを見逃《みのが》さなかった。

そんなことがあり、お葉は胸を傷めていたのである。

とはいえ、おさとに赤児《やや》が出来たと聞けば、仲蔵の態度も少しは変わるのでは……、とそう期する気持があるにはあったのだが、案の定、赤児が出来たと聞いて仲蔵の態度は一変したようである。

お葉は改まったように仲蔵を見た。

変われば変わったものである。

あれほど靖吉に対して敵対心を露《あら》わにしていた仲蔵が、まるで我が子でも見るような目で靖吉のことを瞠めているではないか……。

おそらく、仲蔵は一旦拳《こぶし》を振り上げてみたものの下ろすに下ろせず、この先どこで折り合いをつければよいのか解らずに悶々《もんもん》としていたところ、懐妊《かいにん》という手土産《てみやげ》を持っておさとが亥の子の祝いに戻って来てくれ、それでやっと、振り上げた拳を下ろすことが出来たのであろう。

そうしてみると、赤児《やや》は靖吉夫婦にとっても仲蔵にとっても、福の神……。

それが証拠に、この仲蔵の祖父莫迦《じじばか》ぶりはどうだろう！

「女将さん、あっしはね、梅一という孫が出来て、どこかしら寿命《じゅみょう》が延びた気がしやしてね。あっしと靖吉の二人で、梅一を立派な百姓に育ててみせやすぜ！　どうか、女将さんも見守ってやって下せえ……」

仲蔵がお葉の目を瞠める。

「ああ、見守っているともさ！」

「それに、あっしは嬉しくって……。おひろという娘《こ》のなんとめんこいこと！　この一廻りほどあの娘《こ》と一緒に寝床に入ったんだが、ふっと、おさとが娘の頃を思い出しやしてね……。素直で優しくって……。あっしのことを祖父《じっ》ちゃん、祖父《じっ》ちゃんと慕ってくれやしてね。いつしか、あの娘《こ》が生まれた頃から知ってるような気になって……」

仲蔵は窪《くぼ》んだ目をしわしわとさせた。

すると、靖吉も感慨深そうに言う。

「あっしは父親《てておや》を早くに亡くしてやすんでね。おひろは祖父《じい》さまというものを知らずに育ってきた……。だからなんでしょうかね。おとっつァんのことを祖父《じっ》ちゃん、祖父《じっ》ちゃんと実の祖父《じい》さまのように慕って……」

「そうだよね。おさとが寺嶋村に入って間なしに靖吉さんのおっかさんが亡くなっちまったもんだから、おひろも寂しい想いをしてたんだもんね……。そこに、まるで計《はか》ったかのように仲蔵さんという祖父《じい》さまが現れた……。そりゃ、おひろも嬉しいだろうさ！　ええっと、確か、現在《いま》が六歳ってことは、おや、年が明けると七歳かえ？　すると、来年は帯解《おびとき》の儀……」

お葉がそう言うと、仲蔵が目を輝かせる。

「帯解の祝いはあっしに委せといて下せえ……。おさとの宮詣《みやもうで》の着物《べべ》があることはあるが、この際、この祖父《じっ》ちゃんがひと肌脱《ぬ》ぐつもりでいるからよ！」

「おとっつァん、そりゃ駄目だ！　梅坊のというのならともかく、おひろの晴着《はれぎ》をおとっつァんに仕度《したく》させるわけにはいかねえ……」

「てんごうを！　俺が誰を祝おうとてめえの勝手だろうが……。靖吉、この野郎！　てめえの娘と思って、偉そうなことを言うもんじゃねえ！　しかも、考えてみな？　おひろはおめえの娘じゃあるが、おさとの義娘《むすめ》でもあるんだ。てこたァ、おひろは俺の孫……。どうでえ違うか？」

仲蔵が靖吉を睨《にら》みつける。

「いや、それは……」

お葉は呆れ返った顔をして、はい、はい、はい！　と手を打った。

「いいじゃないか、誰がおひろの晴着を誂《あつら》えようと……。憚《はばか》りながら、このあたしもひと口乗せてもらいますからね！　可愛いおひろの祝いだもの、これが黙って見ていられましょうか！」

お葉がそう啖呵を切り、胸をポンと叩くと、正蔵が堪《こら》えきれずに噴《ふ》き出した。

「女将さんはこれまで身内に七五三の祝いをしてやる者がいなかったもんだから三百落としたような気でいたんですよね？　そこに、来年はおひろの帯解と判ったもんだから、黙って見ていられなくなったに違《ちげ》ェねえ……。てこたァ、これでまた、お文さんの古手屋《ふるてや》がほくほく顔ってなもんで、こいつァ、春から縁起《えんぎ》がいいやァ！」

正蔵が歌舞伎の台詞回《せりふまわ》しのような口調で言う。

なんのことやら意味の解らない仲蔵と靖吉が、とほんとした顔をしている。

そこに、出先から戻って来たおはまが、ちょいと、珍しい男《ひと》が来てるんだって？　と茶の間に駆け込んで来た。

おはまは仲蔵の顔を見て目をまじくじするや、続いて靖吉に視線を移し、おやまっ……、とあんぐり口を開けた。

やれ、どうやら再び仲蔵と靖吉が和解した経緯を話すことになりそうである。

ヘイ、ホッ……。ヘイ、ホッ……。

日々堂の裏庭から、男衆《おとこし》の掛け声が流れてくる。先つ頃《さいごろ》、小僧から町小使《まちこづかい》（飛脚《ひきゃく》）へと昇格したばかりの昇平《しょうへい》をはじめ、小僧の市太や権太、良作の捻《ねじ》り鉢巻《はちまき》にした月代から湯気《ゆげ》が立ち上り、女衆《おなごし》は搗《つ》き上がった餅《もち》を伸ばしたり丸めたり、またある者は、七輪《しちりん》にかけた蒸籠《せいろ》の火加減《ひかげん》を見るのに余念《よねん》がない。

去年まではここに朝次が加わり、恰《あたか》も餅を搗くのは天職とばかりに杵《きね》を搗いていたのだが、今年はその姿が見られない。

「やっぱ、ここんちも三十日の餅搗きとなったか……」

裏庭を覗《のぞ》いてきた友七親分が、ドッコラショイ、と掛け声をかけて長火鉢の傍に坐り込む。

「やっぱりってことは、親分ちでも今日なのかえ?」

お葉が茶を淹れながら言う。

「ああ、今年は少し早めにと思っていたんだが、二十八日は餅搗き屋が手一杯《ていっぺえ》で、やっぱり今年も今日ってことになったのよ……」

友七がそう言い、腰から継煙管《つぎギセル》を引き抜き、煙管に甲州《こうしゅう》（煙草《たばこ》）を詰める。

「二十九日は苦餅《くもち》といって、どこもこの日に餅を搗くのを嫌うからね……。かといって、三十日や大晦日《おおつごもり》ではあまりにも気忙《きぜわ》しい……。それで、二十八日になんとしてでもと思う家が多いってことなんだろうね」

お葉は猫板《ねこいた》に湯呑《ゆのみ》を置くと、友七に茶を勧める。

「ああ、済まねえ……。けどよ、うちなんかと違って、ここは餅搗き屋に搗かせるのじゃなくて小僧たちに搗かせるのだから、もっと早くしようと思えば出来ただろうに……」

お葉が苦笑《くしよう》する。

「そう思うだろう？　ところが、日々堂は一年のうちで年末が一等忙しくってね。なかなか男衆の手が揃《そろ》わなくてね。あれでも朝次がいてくれると百人力《ひやくにんりき》なんだが、今年は療養中とあってそういうわけにもいくまいと……」

「おお、そうだった……。裏庭を覗いたときに誰か足りねえように思ったが、そうか、朝次の姿がなかったんだよな……。あれから一月《ひとつき》余りになるが、朝次、まだ床上げできねえのかよ」

友七が煙管から長々と煙を吐《は》き出し、お葉を窺う。

「ああ……。正月は皆と一緒にと思ってたんですけどね。立軒さまが言われるんだよ、まだ暫くは無理が出来ないだろうと……。というのも、あんなに体格の良かった朝次が、見る影もないほど痩《や》せちまったじゃないか……」

お葉は眉根を寄せた。

「ほう……。朝次から体力を奪ったら、あとには何も残らねえというのによ……。そいつァ、心配《しんぺえ》よのっ」

「何より、皆と別れて一人で過ごす去年今年《こぞことし》なんて寂しいだろうと思ってさ……。せめて、三が日だけでも引き取ってやりたいんだけど、何しろ、便り屋なんてものは正月もへったくれもないだろう？　連れて帰っても、誰も朝次の世話をしてやれない……。と、そう思ってるんだが、お富がそれじゃ朝次が可哀相《かわいそう》だと言ってね……。朝次の面倒は自分が一手《いって》に引き受けるから、せめて、大晦日から三が日の間は連れ帰りたいと……」

お葉が困じ果てた顔をする。

「ほう……。で、おめえはどうするつもりなのよ」

「お富が傍について朝次の世話をするというのなら、そうしてやるほうがいいかと思い、現在《いま》、お富に本人の意思を確かめに診療所に行かせているのさ……。本人が帰りたいと言い、立軒さまの許しが出るのなら、そうさせてやりたいと思ってね……」

お葉がふうと肩息《かたいき》を吐く。

「そうけえ、そりゃ良かった！　実は、俺もそうしてやったらよいのにと思ってたのよ。それで、おめえの気持を質《ただ》そうと思って来たんだが、もうそういうことになっているんだったら、余計な口を挟まなくてもよかったんだ……」

「なんだえ、親分もそう思ってたのかえ……。それより、この前、あたしが言ったことを考えてくれたかえ？」

お葉が改まったように友七に目を据える。

「おめえが言ってたことって……。おっ、武也のことか？　ああ、考えたさ……」

「それで？　どうなったのさ」

「どうもこうもねえさ！　おめえからこの際お美濃と武也のことを前向きに考えてみろと言われ、俺ャ、確かに泡《あわ》を食ったさ……。おめえに言われるまでもなく、俺自身も武也という男は買っていたし、お美濃の相手としてこれほど恰好な男はねえと思っていたからよ……。何より、お美濃を見ていたら、あいつに好意を持っているのは一目瞭然《いちもくりようぜん》だからよ……。それで、四、五日前《めえ》に武也を千草の花に誘《さそ》い出し、それとなく水を向けてみたのよ。ところが……」

友七が蕗味噌を嘗めたような顔をする。

お葉は、あれっ、と首を傾げた。

友七のこの表情はどうだろう。

まるで、按配《あんばい》よくことが運ばなかったかのようではないか……。

「ところが、どうしたのさ！」

なかなか次の言葉を発そうとしない友七に気を苛《いら》ち、お葉がせっつく。

友七は唇をへの字に曲げた。

「それがよ、俺が遠回しにお美濃のことをどう考えているのかと鎌《かま》をかけてやったもんだから、あいつ、俺が何を言おうとしているのか察したらしく、今年いっぱいで辞めさせてくれと申し出てきやがってよ……」

えっと、お葉が息を呑む。

「辞めたいと、そう言うのかえ？」

「ああ……」

「何故！　なんでなのさ」

「それが、理由《わけ》を話そうとしねえのよ。それで、そのことは結城屋も知ってるんだろうな？　と質したのよ。そしたら、あいつ、結城屋にも誰にもまだ話してねえと……」

「結城屋に言っていないとは……。だって、あの男は結城屋から廻されてきたんだろ？　妙じゃないか！」

お葉が思わず大声を上げる。

友七は気の毒なほどに肩を丸めた。

「おめえの肝《きも》が煎《い》れるのは解ってる……。結城屋に断りもなくうちを辞めるってことは、後ろ盾《うしろだて》となってくれたお店に後足《あとあし》で砂をかけることになるからよ……。そう思い、俺も手を弛めることなく質してやったんだが、あの野郎、意地張ったように口を閉じて、どうしても理由《わけ》を話そうとしねえ……。それどころか、大晦日ぎりぎりまで親分の見世《みせ》で世話になったら、正月は宿下がりという理由で見世を出させてもらうつもりなんで、親分の口から内儀《おかみ》さんやお美濃さんになんとか言い繕《つくろ》ってくれないか……、とこう来やがった！　俺ャよ、その様子を見て、こりゃもう何を言っても無駄だと感じてよ……。すでに気持が離れちまっているものを引き止めたって仕方がねえ！　大体《でえてえ》、辞める理由を堂々と言えねえような男なんて、ろくなもんじゃねえ！　こんなに人をつけにした（莫迦にした）話があって堪るもんか！　だから、言ってやったさ……。あい解った、俺たちがこれだけ手の内をさらけ出し、おめえをお美濃の婿《むこ》にと思っていたというのに、理由《わけ》も明かさずに辞めてェというのなら、訳も糸瓜《へちま》もいらねえ（事情を説明することはない）！　ああ、こっちのほうから三行半《みくだりはん》を叩きつけてやるから、とっと出て行ってくんなって……」

まあ……、とお葉が目をまじくじさせる。

「いいのかえ、そんなことを言って……」

「いいも悪いもあるもんかよ！　ここでぐだぐだと奴を詮議《せんぎ》してみたところで、却《かえ》って、お美濃が疵《きず》つくことになるからよ……」

友七が弱り果てた顔をする。

「そうだよね……。それでなくても、お美濃はおとっつァんのことで疵ついたんだもんね。このうえ、武也にまで疵つけられたんじゃ……」

お葉も頷く。

「やっぱ、おめえもそう思うだろ？　けどよ、武也にそう啖呵を切ったのはいいが、正月明けから奴が見世に出て来なくなるのをお美濃にどう説明すればいいのか……」

友七が頭を抱える。

ああ……、とお葉も目を閉じた。

父周三郎のことで、お美濃がどれだけ疵つけられたことか……。

幼い頃に自分と母親を捨て他の女ごへと走った父を慕い、復讐といいながらも万に一つの淡《あわ》い望みを抱《いだ》いて傍近くに侍《はべ》ったのはよいが、無下に扱われた挙句の刃傷沙汰《にんじようざた》……。

が、娘の切《せつ》ないまでの気持を察し、せめて情状酌量《じようじようしやくりよう》を願い出てくれると思いきや、なんと、お美濃を獄門《ごくもん》にかけてくれと訴え出たというのである。

しかも、運命の悪戯《いたずら》とでもいおうか、お美濃が友七、お文の養女になり、戸田龍之介に連れられ芝居見物に出掛けた際のことである。

たまたま仲間内と芝居小屋に来ていた周三郎が、お美濃に出会《でくわ》すや、目引き袖引き、恰も、お美濃を笑いものにするかのような態度を取ったとは……。

そのときのことを、同行したおちょうから聞いた友七は、こう言った。

「おそらく、あの女ごは御帳付《ごちようつ》き（前科者）だ、大店《おおだな》の娘みてェに粧《めか》し込んでるが、騙されるんじゃねえぜ、とでも言ったんだろうて……。お美濃は居ても立ってもいられなくなったそうでよ。だが、戸田さまやおちょうが傍にいるもんだから、取り乱しちゃなんねえし、悟《さと》られてもならねえ……。お美濃は一刻も早くその場を離れたかったそうでよ。戸田さまやおちょうに悪いことをしたって、泣くのよ」

お文も忌々しそうに唇を噛んだ。

「そうなんだよ。この娘《こ》ったら、罰が当たったんだ、あたしには振袖《ふりそで》を着て品《ひん》をする(上品ぶる)ことも、芝居見物も分不相応《ぶんふそうおう》だったんだ、これからは、おとっつァんやおっかさんの傍を離れないと言ってさ……。けど、河津屋の旦那って、どういう了見《りようけん》なんだえ! お美濃は自分の娘だよ? いくらお美濃に刺されたからって、それはあの男が河津屋の後家《ごけ》に取り入り、女房や子を捨て、体《てい》よく婿の座に収まったからじゃないか! それなのに、知らなかったとはいえ、あの男は自分の娘に愛妾《めかけ》になれと迫《せま》ったんだからさ……。しかもだよ、あの男は自分の娘をそこまで追い込んだとは微塵芥子《みじんけし》ほども思っちゃいない! それぱかりか、この期《ご》に及んで、まだ愚弄《ぐろう》しようとするんだからさ。あたしは絶対あの男が許せない!」

だが、お美濃は自らを鞭《むち》打つかのように、こう言った。

「もう、いいの。おっかさん、あたしはあの男《ひと》を父親《てておや》とは思っていないんだから……。現在《いま》は、束《つか》の間にせよ、あの男《ひと》に淡い望みを抱いたことが悔《くや》しいだけなの。でも、もういいんだ。あたしにはこんなに優しいおとっつァんやおっかさんがいるんだもの。だから、もうどこにも出掛けなくてもいいの……」

お葉はそんなお美濃を諭した。

逃げては何も解決がつかない。かつてのことはかつてのこと、罪を償《つぐな》ったからには胸を張って生きていかなくてはならないと……。

あれから、ほぼ二年……。

お美濃はすっかり逞《たくま》しくなり、友七とお文の庇護《ひご》の下《もと》、のびのびと生きているのであるが、またもや、武也という男にお美濃の心が惑わされるとは……。

友七たちの目にも、武也は決して悪い男には映《うつ》らなかった。

それなのに、いったい武也に何が……。

が、ものは考えようで、現在《いま》ならまだ、お美濃の疵が浅くて済むかもしれない。

「親分！」

お葉が友七の目を瞠める。

ウン？　と友七は虚《うつ》ろな目を返した。

「ここは嘘を吐き徹《とお》すことだね。武也が退《の》っ引《ぴ》きならない事情で実家《さと》に帰ることになったとか、なんとか万八《まんぱち》（嘘）を言ってさ……。むろん、お文さんには口裏を合わせてもらうためにも本当のことを話しておくんだよ。そうすりゃ、最初《はじめ》はお美濃も哀しがるかもしれないが、日にち薬といってね、そのうち、武也のたの字も口にしなくなるだろうからさ！」

「…………」

「なんだえ、その顔は！　大丈夫！　元々、お美濃と武也は理《わり》ない仲になっていたわけじゃないんだもの……。娘心に、いいなァ、とただ憧《あこが》れていただけの話じゃないか！　それにそのうち、お美濃に見合った男が現れるかもしれないし、親分だって、これから本腰を入れて探せばいいんだしさ……」

お葉のその言葉に、友七はやっと安堵の色を見せた。

「そうだよな？　端《はな》から、俺ャ、あの男でなきゃならねえとは思ってなかったしよ……。そう考えてみると、おっ、早《はえ》ェとこ、あいつがとっけもねえ（とんでもない）男と判っただけでも、良しとしなくっちゃな？　くわばら、くわばら……。俺が傍についていていて、不極《ふき》まりなことになるところだったぜ！」

「そういうこと！」

お葉が片目を瞑《つぶ》ってみせる。

すると、友七がふと生真面目《きまじめ》な面差しをした。

「けど、武也の奴、いってェ何を隠してやがるんだろう……」

「親分ったら！　もうどうだっていいじゃないか……。さっ、今年もあと僅《わず》か！　年が明けたら、嫌なことはきれいさっぱり忘れることだね」

お葉はあっけらかんと笑い飛ばした。

友七が照れ臭そうに肩を竦《すく》める。

裏庭でワッと歓声が上がった。

どうやら、餅搗きも佳境《かきょう》に入ったようである。


そして、今日はいよいよ大晦日……。

七ツ（午後四時頃）を廻り、友造は最後の掛け取りを終えて日々堂へと脚を速めていた。

遠州屋《えんしゅうや》に冨田屋《とみたや》、富士見屋《ふじみや》、そして入船町の葉茶屋《はぢゃや》米倉《よねくら》と、ここ半年分の掛け金をほぼ回収することが出来たのであるが、巴屋《ともえや》だけが書出一両二朱の半金九朱を払い、あとは年明けまで待ってくれと言ったのが、どこかしら気にかかってならない。

しかも、気を兼ねたようにそう言った内儀《おかみ》の頰が何故かしら引き攣《つ》っていたように見えたのが、なお一層、友造に鬼胎《きたい》を抱かせてしまうのだった。

年末年始は帳屋《ちょうや》の書き入れ時で、常なら、新春に向けて、大福帳《だいふくちょう》や水上帳《みずあげちょう》といった帳面や日記、忘備録《ぼうびろく》、元結《もとゆい》を買い求める客で応接に暇《いとま》がないほど店内《てんない》が賑《にぎ》わっているというのに、今日は内儀と小僧が一人いるきりで、番頭や手代の姿が一人も見当たらない。

そのうえ客にいたっては皆無《かいむ》ときて、やけに深閑《しんかん》とした店先や、ことごとく葉が枯れ落ちた青竹《あおだけ》看板が、一層うらぶれたふうに見せているのだった。

とはいえ、年の瀬に青竹看板の葉が落ち、枝だけになっているのは毎年のことで、新年を迎えると青竹は新しいものに取り替えられるので、見世《みせ》に活気があればどうということもないことが気になるのは、やはり、全体の雰囲気がうらぶれているからなのだろうか……。

友造は恰も巴屋の身上《しんしょう》を覗き見たように思い、後ろ髪を引かれるような想いで戻って来たのだった。

「おっ、友さん、やっと帰《けえ》って来たか！　ご苦労だったな」

日々堂の暖簾を潜ると、帳場から正蔵が声をかけてきた。

「へっ、ただ今戻りやした」

「で、すべてのお店から回収できたんだろうな」

「それが……」

友造が苦りきった顔をして、正蔵の傍に寄って来る。

「どうしてェ、何かあったのか？」

「巴屋の他はすべて順調に運んだのですがね……」

友造がそう言うと、正蔵が訝しそうな顔をする。

「巴屋？　帳屋のことか？　はて、あそこが順調にいかなかったとは、またどうして……」

「いや、全額回収できなかったというわけじゃねえんで……。九朱は払ってもらえたんだが、残り半分を来年に廻してくれと……」

「そいつァ妙だな……。巴屋に九朱ほどの金がねえとは……。それに、あそことは長い付き合いだが、これまでそんなことは一度もなかった……。番頭がそう言ったのか？」

「いえ、番頭はおろか、手代の姿もなくて、内儀《おかみ》さんが……」

「なに？　男衆の姿がなかったと？」

「いえ、小僧が一人いることはいたんでやすがね」

正蔵の顔にさっと緊張の色が走る。

「内儀と小僧だけだって？　たった二人で商《あきな》いをしていたというのか……」

「商いといっても、客の姿もなくて、あれじゃ、商いをやってるとはいえねえのじゃ……」

正蔵は腕を組み、何か考えているようだったが、ぽつりと呟いた。

「じゃ、あの噂《うわさ》はやっぱり本当だったのか……」

えっと、友造が正蔵に目を据える。

「噂って……」

「いや、詳《くわ》しいことまでは解らねえが、つい最近、番頭が男衆を引き連れて見世をおん出たらしくてよ……。それも、暖簾分けなんてもんじゃなく、番頭が主人《あるじ》に背き、見世の金を持ち逃げしたとか……」

「えっ！　まさか、そんなことって……。それじゃ、盗《ぬす》みじゃありやせんか！　巴屋の旦那はなんでお上《かみ》に訴え出ねえんだろう……」

友造が信じられないといった顔をし、声を荒らげる。

「そこのところがもう一つ解らねえ点でよ……。お店《たな》から縄付《なわつ》きを出したくねえ気持は解るが、持ち逃げしたのが十両や二十両の金じゃねえというんだから、これはもう、充分打ち首に値《あたい》する……。しかもよ、長年、信頼してきた番頭に男衆まで引き抜かれるとは、飼い犬に手を嚙まれたのも同然！　何故、旦那が泣き寝入りするのか解らねえと、そう皆が噂してたからよ」

「そんな……。そりゃ酷《ひど》すぎやせんか？　一分《いちぶ》の恩に舌を抜かれよというのに、そんな後足で砂をかけるような真似をするなんて……。そんな輩《やから》を放っといてよいもんか！　巴屋じゃ、店衆を信頼して今日まで育ててきたのに、これじゃ、仏頼んで地獄に堕《お》ちたのも同然じゃねえか！　ああ、腹立たしいなんてもんじゃねえ！　なんで友七親分は放っておくんだろう……」

友造が気を苛ったように言う。

「親分が動こうにも、肝心《かんじん》の巴屋が訴え出なきゃ、手も脚も出ねえからよ……。俺が聞いた話では、巴屋は盗人紛《ぬすっとまが》いのことをした店衆を見て見ぬ振りをすることにしたそうでよ。きっと、他人《ひと》にゃ解らねえ事情があるんだろうが、当の本人が敢《あ》えて泣き寝入りをするというんだから、他人《ひと》が口を挟むことじゃねえ……」

「けど、巴屋はどうなるんで？　まっ、日々堂は九朱ほどの金で済み、来年に延ばされたところでどうってことはねえにしても、他の見世はどうするんでしょうね」

友造がそう言うと、正蔵はうーんと唸《うな》った。

「さあて……。余所《よそ》のこたァ知らねえが、まっ、あそこのこれまでの商いを見るに、大《てえ》した借財はなさそうなんで、これから心機一転《しんきいってん》やり直せば、なんとか凌《しの》いでいけるのじゃねえか？」

友造も、そうかもしれない、と思った。

確か、巴屋は十五年ほど前、扇橋町《おうぎばしちょう》に間口三間《けん》（約五・四メートル）の小体《こてい》な見世を出し、その翌年に両隣の見世を買い取り現在《いま》の見世にしたというが、それまでは、女房と二人して、門前仲町《もんぜんなかちょう》に露店《ろてん》を出していたようである。

夫婦して我勢《がせい》（頑張り）してきた結果が現在《いま》の巴屋なのだろうが、そうしてみると、また一から出直せばよいということ……。

もしかすると、巴屋の主人《あるじ》はそんなふうに考え、商いを大きくすると共に次第に驕《おご》ってきた己《おのれ》の気持を叱責《しっせき》する意味で、店衆の罪を見逃し、我が身を戒《いまし》めたのかもしれない。

仮に、それとは別の理由があったにせよ、ことさらだって騒がないのは、そういうことなのではあるまいか……。

友造の脳裡《のうり》に、巴屋の内儀の申し訳なさそうな顔が甦《よみがえ》る。

楚々《そそ》とした水仙《すいせん》を想わせる女《ひと》だったが、一見、儚げに見えて、芯《しん》に強いものを秘《ひ》めた女《ひと》……。

大丈夫《でえじょうぶ》だ、あの女《ひと》なら……。

友造がそう思ったとき、水口《みずぐち》のほうから小僧たちの興奮した声が流れてきた。

「お帰り！」

「なんでェ、朝次、思ってたより顔色がいいじゃねえか！」

「朝次、おめえがいねえと寂しかったぜ！」

どうやら、朝次がお富に連れられ戻って来たらしい。

水口での喧噪《けんそう》が暫く続き、おや、お葉の燥《はしや》ぎ声まで……。

「朝次、よく帰って来たね！　さっ、傍に寄って、顔を見せておくれ……。ああア、朝次、朝次だ！　本当に朝次なんだね。おまえ、よく帰って来ておくれだね……」

お葉の声が涙声に……。

その後は、もう見なくても、何が起きているのか解っている。

正蔵と友造は顔を見合わせ、にっと笑った。


その夜から、朝次はお富の部屋で一緒に眠ることとなった。

蛤町に借りてやった二階家の一階に、戸田龍之介の他、佐之助、六助、与一が入り、二階の二間を友造、おちょう夫婦が使っているが、その他の店衆は日々堂の二階の使用人部屋を各自の閨《ねや》としていて、一階のかつては乳母《うば》のおこんが使っていた部屋に現在《いま》はお富が入っていたので、そこに朝次の寝床を移すのは容易《たやす》いこと……。

ところが、朝次は自分だけお富の部屋に移るのを躊躇《ためら》った。

「そりゃ、駄目じゃ……。おいらも昇《しよう》ちゃんや市《いつ》ちゃんと一緒がいい……」

「朝次、無茶《むちや》を言うもんじゃない！　おまえはいつ胸が苦しくなるかもしれないんだよ。夜中に突然苦しくなっても、あいつらじゃ、手当が出来ないからさ！

その点、一階であたしと一緒に寝ていたら、突然何かがあったとしても、少しは心強いだろう?」

「けど、昇ちゃんたちがなんて思うか……」

「なんと思おうと、そんなのうっちゃってればいいのさ!」

「けど……」

「あい解った! せっかく日々堂に戻って来たのに、他の者から切り離されたのじゃ寂しいというんだね? だったら、食事だけは皆と一緒に食間で食べることにしようよ。なっ、それならいいだろう? それに小僧たちにはあたしから言っておくよ。朝次に逢いたければ、あたしの部屋にいるから、手の空《す》いたときに逢いにおいでと……」

お富がそう言うと、朝次もやっと眉を開いたようで、こくんと頷いた。

とは言え、食事は他の者と一緒ではなく、腎不全《じんふぜん》を起こした朝次の食事は病人食……。

朝次は自分だけ特別扱いにされていることに、どうやら不満の感が拭《ぬぐ》えなかったようである。

「可哀相に……。何もかもが薄味《うすあじ》で、皆と同じ物が食べられないんだもんね。けど、辛抱《しんぼう》の棒《ぼう》が大事……。また元の身体に戻ったら、朝次の好きな餅もたらふく食えるってもんだ！」

お富が耳許でそう囁《ささや》くと、此の中すっかり食の進まなくなった朝次は、寂しそうに笑った。

「おいら、食うもんに不満はねえ……。なんにもせずに、寝てばかりいるおいらが美味《うめ》ェもんを食ったら、他の者に悪《わり》ィ……。婆《ばっ》ちゃん、おいらに仕事させてくんな。なんでもええ、なんでもええから、仕事させてくれや！」

朝次はお富の顔を見ると、縋るような目をして哀願《あいがん》した。

そして、正月も二日のことである。

正蔵、おはま夫婦が裏店に引き上げ、お葉もそろそろ閨に入ろうかと思っていたところに、お富が茶の間に声をかけてきた。

「女将さん、もうお休みになりましたか？」

「お富かえ？　いや、そろそろ閨に行こうと思ってたところだが、まだ平気だよ。どうしたえ？　お入り。話があるんだろ？」

「ええ……。じゃ、お邪魔します」

お富がそろりと障子を開け、入って来る。

「寝る前だから、焙《ほう》じ茶にしておこうね。で、話というのは、朝次のことかえ？」

お葉が急須《きゅうす》にお茶っ葉を入れながらそう言うと、お富は驚いたように目を瞬いた。

「どうして、それが……」

お葉がくくっと肩を揺する。

「そりゃ解るさ。朝次が戻って来てからのおまえって、まるで腫《は》れ物にでも触《さわ》るかのように朝次に接してるんだもの……。それに、朝次にしても、然《しか》り……。食事は皆と一緒に食間で摂《と》ると言い張ってるというもんだから、それも一理《いちり》あると思って同意したんだが、さぞや悦んでるだろうと思った朝次が、針の筵《むしろ》に坐らせられたような顔をしてるんだもんね……。それで、ははァん、もしかして、朝次は居心地《いごこち》が悪いのではと睨んでたんだが、違うかえ？」

「いえ、違やしません。女将さんの推測どおりで……。それでね、あたしも頭を抱えてるんですよ。悦んでくれるだろうと思った朝次が、ここに連れ帰る前より沈んじまって、口を開けば、他の者に申し訳ねえ……、と言うばかり……。やはり、朝次を連れ帰ったのは失敗だったのでしょうかね」

お富が辛そうに眉を顰《ひそ》める。

お葉は首を傾げた。

良かれと思って図《はか》ったことが裏目に出て、逆に、朝次に現実を思い知らせることになったのかもしれない。

他の店衆にしても同じで、朝次が診療所にいれば知ることのなかった現実を目《ま》の当たりにし、懼《おそ》れのあまり、どう接してよいのか解らなくなってしまったのではなかろうか……。

それが証拠に、手の空いたときには見舞ってやれと言ってあるのに、誰一人として、朝次の閨を訪ねようとしないではないか……。

だからといって、小僧たちを責めるわけにもいかないだろう。

彼らは、これまで並外《なみはず》れた体軀の朝次をがんぼとからかいこそすれ、その体力には誰もが敬意を払い、いつしか、日々堂にはいなくてはならない存在と思い始めていたというのに、現在《いま》では、見る影もなく窶れ果てた朝次……。

おそらく、そんな朝次に、皆はなんと声をかけてやればよいのか解らないのであろう。

そして朝次にも、彼らのそんな気持が解っているからこそ、針の筵に坐らせられたような想いに陥《おちい》っているのでは……。

そう考えるのが妥当《だとう》で、そうなると、これはどちらが悪いということではなく、現状のまま朝次を連れ帰るとこうなると解っていなかった、お葉たちが責められてよいことなのであろう。

「そうだよねえ……。お富の言うように、あたしたちの浅知恵だったのかもしれないね。が、どっちにしたって、明日《あした》は三日だからね。当初は、四日の朝に朝次を診療所に戻すつもりだったけど、どうだろう……。明日、中食《ちゅうじき》を終えてからってことにしては……。診療所のほうには明日の朝一番にその旨《むね》を伝えておけばいいので、そうすることにしないかえ?」

お葉がそう言うと、お富は憑《つ》き物でも落ちたかのような顔をした。

「そうさせてもらっていいですか? ああ、良かった……。年末年始は何があろうと日々堂で過ごさせてやりたいと言い張った手前、どうしても、あたしの口から、戻すのを一日早めたいと切り出しにくくて……。けど、女将さんもあたしと同じ気持と聞いて、安堵しましたよ。じゃ、明日、朝次を送り届けてもいいんですね?」

お富が食い入るようにお葉を見る。

「では、あたしからもう一度訊くが、朝次も診療所に戻ることを望んでいると思っていいんだね？」

お富は狼狽《うろた》え、視線を彷徨《さまよ》わせた。

「たぶん……。いえ、はっきり言いきれます！　現在《いま》は朝次もここにいるべきではないと思っているに違いありません」

「では、朝次が診療所に戻りたいと言ったのではなく、おまえがそう思うというんだね？」

「ええ、まっ、そうなんですけど……。けど、あたしにはあの子の気持が解ります！　考えても見て下さい。あの子がここに来て以来、あたしほどあの子の傍に長くいた者はいないんですからね……。あの子、診療所にいた頃は、確かに、日々堂に帰りたがっていましたよ。はっきりと言葉に出して、昇平の顔を見たいと言ってましたからね。けど、実際に戻ってみたところ、ここは自分のいる場所ではないと、身に沁みて感じた……。いえ、誤解しないで下さいよ。決して、誰が悪いと言ってるんじゃないんですから……。そうではなくて、あの子、ここまで身体が弱っているると思ってなかったんでしょうよ。だから、仲間の顔を見れば気力が湧《わ》いてきて、すぐにでも、元の状態に戻れると思っていた……。ところが、現実はどうでしょう。却って、あの子を叩きのめす恰好になっちまって……。あの子、それで酷く疵ついてるんですよ。あたしはそんな朝次を見ているのが辛くて……。女将さん、あたしの気持を解ってもらえたでしょうか？」

お葉は頷いた。

「ああ、よく解ったよ。実は、あたしも同じ気持なんだよ。じゃ、そういうことで、明日の朝、あたしの口から朝次によく言って聞かせようね……。此度は腹を括って療養に努《つと》めるように、この際、しっかり身体を治して、もう一度ここに戻って来ようね、皆に済まないなんて思うのじゃないって……」

お富の顔に安堵の色が浮かぶ。

「女将さんがそう言って下さって安堵しました。飽《あ》くまでも、おまえの戻ってくる場所は日々堂だということを朝次に知っておいてもらいたいですからね」

「そうだよね。では、もうお休み……。明日は朝次を診療所に送り届けるという役目が残っているんだからね」

「はい」

お富は頭を下げると、自室へと引き上げていった。

そして一夜明け、今日は朝次が診療所に戻る日である。

お葉は朝次と共に茶の間で中食を摂ることにした。

朝次の箱膳《はこぜん》の上には、鯛《たい》と豆腐《とうふ》の煮付《につけ》、出汁巻玉子《だしまきたまご》、黒豆《くろまめ》、法蓮草《ほうれんそう》のお浸《ひた》しが載《の》っている。

ここ数日、雑煮《ぞうに》やお節《せち》料理が食べられなかった朝次への、せめてもの餞《はなむけ》であった。

ところが、残念ながら、朝次はその半分も口に出来ない。

が、朝次にもお葉やお富の気持が身に沁みて解ったのであろう、美味《うめ》ェ、美味ェ、と何度も呟き、その目は涙で潤《うる》んでいた。

朝方、お富の閨を訪ねたお葉は、横になっていてよいから、と前置きし、こう続けた。

「朝次、お富からお聞きだろうが、現在《いま》のおまえは診療所にいるほうがよいと思ってね……。日々堂のことは案じなくていいから、この際、じっくり身体を治すこと……。待ってるからね！　朝次が早く戻って来てくれないと、お富はもちろんのこと、小僧たちが寂しがってるからさ……。朝次、おまえは立派な風呂焚き番だよ！　おまえの右に出る風呂焚き番がどこにいようか……。胸を張ってもいいんだからね！」

お葉がそう言うと、朝次は決まり悪そうに、へへっと笑い、鼻の頭を擦《こす》った。

思うに、これまで誰からも褒《ほ》められたことがなかったので、おまえの右に出る風呂焚き番はどこにもいないと言われ、朝次はよほど嬉しかったのであろう。

お葉は朝次のお腹に手を当てると、ポンポンと叩いた。

そうして、抱き締めたい想いを懸命《けんめい》に堪えたのである。

お葉は朝次が食べ残した鯛を恨めしそうに眺《なが》めているのに気づき、声をかけた。

「残していいんだよ。無理しなくてもいい。そのうち、また食べられるようになるさ……。そうだ！　次は快気《かいき》祝いをしなくっちゃね。そのときは、おはまがまた腕に縒《よ》りをかけて馳走《ちそう》を作ってくれるだろうさ！　早くその日が来るように、女将さん、祈ってるからね！」

朝次が嬉しそうに、にっと目を糸のようにする。

お葉は口の中で呟いた。

朝次、きっとだよ！　あたしはいつまでも待ってるからさ……。

第四章　友よ

龍之介が佐之助の案内で北森下町の鰻屋万瀬《うなぎやまんせ》の二階に上がると、俗按摩《ぞくあんま》の倉蔵が衝立《ついたて》から顔を出し、待ちくたびれたとばかりに手招きをした。

二十畳ほどの座敷が、衝立で小部屋のように仕切られている。

おりしも現在《いま》は中食時《ちゅうじきどき》とあり、どの衝立の陰にも客らしき姿が……。

「遅《おせ》ェ、遅ェ！　四半刻《しはんとき》（約三十分）は待たされてるんだからよ」

「済まねえ……。戸田さまの中食を狙《ねら》って道場の外で待ち構えてたんだが、なかなか出て来ねえもんで……」

佐之助が恐縮したように倉蔵に手を合わせ、龍之介に、坐《すわ》れ、と目まじする。

龍之介は倉蔵の前に膝《ひざ》をつき、慇懃《いんぎん》に頭を下げた。

倉蔵が挙措《きよそ》を失い、左見右見《とみこうみ》する。

が、さすがは世慣《よな》れた佐之助のこと、倉蔵の緊張を解《ほぐ》すかのように、なんでエ、なんでェ、せっかく鰻屋に来たっていうのに、堅苦しい挨拶《あいさつ》は抜きってことでよ……。まずは鰻を馳走《ごち》になろうぜ！　なっ、戸田さま、ここは俺たちが馳走になっていいんですよね？　と龍之介に目まじする。
「ああ、もちろんだ！　なんでも好きなものを注文するといい」

「ごっつァんで！　じゃ、俺《おり》ャ、鰻重《うなじゅう》の上で、肝吸《きもすい》つきな。おっ、倉さんもそれでいいよな？」

「えっ、ああ……。じゃ、あっしもそれで……」

龍之介は佐之助の調子の良さに舌を巻き、小女《こおんな》に注文を通した。

「倉蔵さん、まっ、そう硬くなることァねえ。すでに聞き及びだろうが、俺は日々堂で代書を務《つと》める、戸田龍之介というケチな野郎でよ……。まっ、そんな理由《わけ》で、ざっくばらんにいこうと思うが、桜木屋敷のことで何か判《わか》ったことがあったとか……。もちろん、礼をするつもりなんで話してくれないか？」

「へっ……」

倉蔵が怖《お》ず怖ずと上目《うわめ》に龍之介を窺《うかが》う。

「この前《めえ》、こいつに話したのが十一月の、確か、七五三の日だったと思いやすが、あれから、その気になって桜木屋敷のことを探《さぐ》ってみたところ、婢《はしため》から気になることを聞いたもんで……」

倉蔵はそう言うと、意味深《いみしん》な面差《おもざ》しをして、ちょいと辺りを窺った。

「気になることとは……」

「いいから、早く話しな！」

龍之介と佐之助が焦《じ》れったそうにせっつく。

「いえね、あのとき判っていたことは、此《こ》の中、旦那の姿を屋敷内で見掛けねえってことと、この春生まれた赤児《やや》はどうやら旦那の子ではないようだということでやしたよね？　というのも、登和という女房《めえ》がとんでもねえ女《おな》ごで、亭主の他に男がいて、しかも、その男とはかなり前から続いているようなんで、もしかすると、その男の子ではなかろうかってこと……。しかもなんと、そのことは旦那も周知《しゅう》で、それでいて、女房の不義密通《ふぎみっつう》を黙認しようとしてるのじゃねえかってことでやしたよね？」

倉蔵はそう言うと、龍之介と佐之助の顔を見比べた。

「ああ、確か、そのようだったな……」

龍之介が頷《うなず》くと、佐之助が続ける。

「けど、あのとき、おめえさんは旦那の姿を見掛けなくなったことに気づいてはいたが、詳《くわ》しい事情までは知っちゃいなかった……。それで、今しばらくときをかけて、親《した》しくなった婢から何か探り出してみると言ったんだったよな？」

佐之助に瞠《みつ》められ、倉蔵が悔《くや》しそうに唇を嚙《か》む。

「それが、武家屋敷の婢や手廻《てまわり》には口の堅《かて》ェ者が多くてよ……。これが商人《あきんど》の屋敷なら、ちょいと水を向けるだけでぺらぺら喋《しゃべ》ってくれるというのに、少々の鼻薬を嗅《か》がせただけじゃ効《き》き目がなくってよ……。が、そこは地獄耳《じごくみみ》の俗按摩と呼ばれるあっしのことで、婢たちに取り入ろうと、あの手この手と尽くし、ついに、あの屋敷の中に内蔵《うちぐら》といわれる座敷牢《ざしきろう》があることを突き止めやしてね……」

倉蔵が二人に狡賢《ずるがしこ》そうな目を向ける。

「座敷牢だって！」

佐之助が驚いたように目を剝《む》くと、そこに、小女が鰻重を運んで来た。

「…………」

「…………」

「…………」

三人が圧《お》し黙る。

「へい、お待ち……」

三人とも、小女が鰻重を配《くば》り終えるまで黙りこくっていた。

「おっ、まずは腹拵《はらごしら》えだ！」

「おう、そうよ！」

「なんと、美味《うま》そうじゃねえか！」

そうして、三人は黙々と鰻重を口に運んだ。

が、龍之介は座敷牢という言葉が気にかかってならず、せっかくの鰻だというのに、おちおち味わうことも出来ない。

ついに、半分ほど食べたところで、おもむろに箸《はし》を置いた。

「おぬし、先ほど座敷牢と言ったようだが、それは確かか？」

倉蔵がウッと喉《のど》を詰まらせる。

「ええ、確かに、そう言いやした。なんでも、あの屋敷には、日頃は滅多《めった》に人が近づかねえ奥まった場所に、内蔵なるものがあるそうで……。そこには年に一、二度しか人が出入りしねえもんだから、これまで手廻も近づかなかったようなんだが、この頃うち、あの屋敷に古くから仕《つか》える猪平《いへい》という御仁《ごじん》がちょくちょく内蔵へと脚《あし》を運ぶのに気づいた婢が、あっ、これはあっしが渡《わたり》をつけておいた婢なんですがね……。とにかく、その女《おな》ごが不審《ふしん》に思いあとを跟《つ》けたところ、内蔵から人の話し声が聞こえてきたと……」

倉蔵が怖々《こわごわ》と龍之介に目をやる。

「人の話し声だと？　では、そこに誰かが閉じ込められているというんだな？」

「へっ、お小夜《さよ》というその婢は、男の声だったと……。いや、あっしもね、その女ごの言うことで、どこまで信じてよいのか……。そうは思うんだが、いや、この際だ、言っちまいやしょう！　いえね、お小夜が言うには、あれは確かに旦那さまの声だったと……」

龍之介の顔から、さっと色が失《う》せる。

佐之助が信じられないといった目をして、龍之介を見る。

「戸田さま！」

龍之介は苦渋《くじゆう》に満ちた顔をして、倉蔵を見据《みす》えた。

「その女ごは声で男を小弥太と判断したというが、では、顔を見たわけではないのだな？　で、なんて言ってたと……」

「いえ、それが……。何を話していたかまでは聞き取れなかったそうで……。ですが、悲痛に満ちた、どこかしら哀願《あいがん》するような声を出していたと……」

倉蔵が苦々《にがにが》しそうな言い方をする。

「ほら、信じてもらえないでやしょ？　あっしだって、お小夜からその話を聞いて俄《にわか》に信じられやせんでしたよ……。それで、おめえの聞き違《ちげ》ェじゃねえのかと言ったところ、聞き違えなんかじゃねえ、男に似合わず裏返ったような声を出す者がそうそういるもんじゃない、自分は旦那さまと奥方さまが言い争《あらそ》う声を何度も耳にしているので、あの声は間違いなく旦那さまのものだったと……。ねっ、そこまで言い張られたんじゃ、あっしもお小夜の言うことを万八《まんぱち》（嘘《うそ》）に思えなくなっても仕方がねえ……。それに、お小夜が言うんでやすよ。これまでどれだけ旦那さまのことをお気の毒に思ってきたか……、奥方さまに山之辺《やまのべ》さまという思い人がいるのを承知で婿《むこ》に入り、それればかりか、旦那さまと夫婦《めおと》になってからも山之辺さまとの関係を続けるとは、あれでは夫婦とは名ばかり……、誰だって、業腹《ごうはら》になって当然だ……、とこう言いやしてね……。そこまで聞くと、あっしだって、お小夜の言うことを信じたくなりやすよ！　ねっ、どう思いやす？」

倉蔵が龍之介を覗《のぞ》き込む。

龍之介は頭を強《したた》かに打《ぶ》たれたような想《おも》いに陥《おちい》った。

では、桜木登和が不義を働いていることは、屋敷内の誰もが知っていたということ……。

だが、それも当然……。

むしろ、誰も知らなかったというほうが不自然なことで、世間には決して知られてはならない秘密を屋敷ぐるみで隠していたということなのだろう。

とはいえ、婢が登和の相手の男まで知っていたとは……。

そんな想いが龍之介の脳裡《のうり》を駆け巡《めぐ》ったとき、はっと、山之辺という名前にと、胸を突かれた。

「おぬし、今、確か、山之辺と……」

龍之介が倉蔵を睨《ね》めつける。

「えっ、ええ……」

倉蔵は叱《しか》られたとでも思ったのか、目をまじくじさせた。

「名はなんという。つまりだ、山之辺なんというのかと訊《たず》ねてるんだよ！」

「えっ……。確か……、山之辺……、くら……、そうだ、くらんど！」

「山之辺蔵人《くらんど》！　えっ、確かに、そう言ったのだな？」

龍之介が声を荒らげると、佐之助が気を兼《か》ねたように割って入る。

「佐之助、おめえは確か本所界隈《かいわい》も縄張《なわば》りにしていたと思うが、山之辺と聞いて、何か思い当たらないか？」

龍之介に瞠められ、佐之助が小首を傾《かし》げる。

「山之辺と言ャ、思い当たるのは蔵奉行《くらぶぎよう》山之辺十郎左衛門《じゆうろうざえもん》……。他に山之辺って姓は……。山之辺なんて名前は、そうざらにあるもんじゃありやせんからね。あっ……」

佐之助がハッと息を呑《の》み、龍之介を瞠める。

「山之辺蔵人というのは、蔵奉行の嫡男《ちやくなん》で、先つ頃《さいごろ》、十郎左衛門さまの跡《あと》を継《つ》いだばかり……。てこたァ、蔵人が蔵奉行ってことか……」

龍之介が頷く。

「読めたぞ、これで……。糞《くそ》ォ！　なんてことだよ、これは……」

佐之助もやっと納得できたとばかりに、大仰《おおぎよう》に頷く。

「何か判ったんで？」

その中にあり、倉蔵だけが蚊帳《かや》の外とみえ、とほんとした顔をしている。

「で、誰なんで？　その山之辺某《なにがし》は……。舌を嚙みそうで言いにくいや……」

倉蔵が訝《いぶか》しそうな顔をする。

「蔵奉行の一人よ。確か、現在《いま》は九名ほどいるはずだが、門番同心《もんばんどうしん》桜木直右衛門はその配下にある……。つまり、山之辺は桜木の上司ということでよ。なるほど、そういうことか……」

龍之介が納得したとばかりに頷くと、佐之助と倉蔵が顔を見合わせる。

「えっ、そういうことって……。おめえ、なんか解《わか》るか？」

「いや、解らねえ……。戸田さま、狡《ずる》いや！　何がどうなってるのか詳しく話してくれなきゃ……」

倉蔵に言われ、龍之介が困《こう》じ果てた顔をする。

「いや、俺の推測で軽々しく話してはならないことでよ……。なんだよ、そんな顔をして……。では、話すことにするが、他言《たごん》は無用！　いいな、ここだけの話にしてくれよな？」

「ああ、解った！」

「合点承知助《がってんしょうちのすけ》！」

「つまり、桜木登和の男というのが山之辺蔵人だとすれば、話の筋が通るってことでよ……。というのも、桜木は蔵奉行の配下……。当主の直右衛門が娘の不貞《ふてい》に気づいたところで、上司の山之辺に文句が言えない。それで身体《からだ》の関係だけならばと、黙認したとしか思えないのよ……。ところが、登和のお腹に不義の子がいると気づいたものだから、直右衛門が前後を忘れた……。それで、符帳《ふちょう》を合わせる意味で、急遽《きゅうきょ》、四の五の言わずに婿に来てくれる男、つまり、三崎小弥太に白羽《しらは》の矢を立てた……」

龍之介が仕こなし顔にそう言うと、倉蔵が粟粒《あわつぶ》のように小さな目をカッと見開く。

「なんともはや、ふさふさしい（太々《ふてぶて》しい）ことを！　どら（放蕩者《ほうとうもの》）だろうと、そんな不洒落《ぶしゃれ》（悪ふざけ）なこたァしねえというのに、世間の目をごまかすために配下に尻を寄越《よこ》すとはよ……。読めたぜ！　それで、桜木屋敷の婢たちが小弥太のことを虚仮《こけ》にされたと言ってたんだ……。そればかりか、小弥太の不甲斐《ふがい》なさに地団駄《じだんだ》を踏んで悔しがっていたからよ……」

すると、佐之助が割って入る。

「俺ャ、婢たちが半畳《はんじょう》を入れたくなる（非難する）気持が解らねえでもねえ……。というのも、小弥太って男が戸尻《とじり》を合わせるために桜木に体《てい》よく使われたといっても、それは小弥太も欲得尽《よくとくず》くのことで、決して横紙《よこがみ》を破られたわけじゃねえ……。だって、そうだろう？　あの男は何があろうと見て見ぬ振りを徹《とお》すことで、門番同心の座を手に入れたんだからよ……」

「そりゃ、まっ、そうなんだが……。じゃ、おめえは約束事は約束事として、女房が好き勝手なことをしても、文句の一つ言わずに目を瞑《つぶ》ってろと？」

「いや、そういうわけじゃねえが……」

倉蔵と佐之助の剣呑《けんのん》な様子に、龍之介が慌てる。

「止《よ》せ！　二人がここで言い争ってどうするってか……。それより、話の続きを聞こうじゃないか……。先ほど、おぬしは小弥太が座敷牢に監禁されているのをお小夜という婢が突き止めたと言ってたが、それからどうしたって？」

はっと、倉蔵はまだ話半分だったことに気づいたようで、忌々《いまいま》しそうに唇を噛んだ。

「あっしがお小夜と渡をつけたのは、つい最近のことで……。だから、あの屋敷に座敷牢があることを知ったのも先つ頃なんだが、今思うと、小弥太って男の行方が判らなくなったと騒いでいたのは見せかけにすぎず、本当は、行方不明だなんて天骨《てんこち》もねえ……。ふン、なんのつけ（なんの莫迦莫迦《ばかばか》しい）！　小弥太は座敷牢に閉じ込められてたんだからよ。それなのに、あの屋敷じゃ、大旦那さまばかりか、登和という女房や若党《わかとう》にいたるまでが空惚《そらとぼ》けた顔をしてよ……。本当のことを知っているのは家人《かじん》の中でもごく僅《わず》かで、婢や手廻たちにもひた隠しに隠してたんだ！　そのくせ、お上《かみ》には当主が急な病《やまい》にて家督《かとく》を元に戻すと届け出て、ちゃっかり、ご隠居が当主の座に収まってるんだから、いってェ、何が何やらわけが解らねえ……」

倉蔵が蕗味噌《ふきみそ》を嘗《な》めたような（苦々しい）顔をする。

「なんだって！」

龍之介は思わず甲張《かんば》った声を上げ、はっと四囲《しい》に目を配った。

「おぬし、今、何を言ったのか解ってるんだろうな？」

「えっ、ええ……」

倉蔵が目をまじくじさせる。

「あのとき、俺は佐之助を使って桜木屋敷を探らせた……。というのも、小弥太がここ一廻《ひとまわ》り（一週間）ほど姿を晦《くら》まし屋敷に戻って来なくなった、と桜木が小弥太の実家《さと》に探りを入れてきたからなのだが、では、その時点で、小弥太はすでに座敷牢に閉じ込められていたというのだな？」

今にも飛びかからんばかりの龍之介の剣幕《けんまく》に、倉蔵が蒼白《そうはく》な顔をして、へえ、そういうことに……、と潮垂《しおた》れる。

「済みやせん……。あのとき、小弥太が監禁されていることを知っていたのは、ごく僅かで……。たまに屋敷を訪ねるあっしはもちろんのこと、婢や手廻も騙《だま》されていたわけでやして……」

「おっ、済まない。別に、おぬしを責めているわけじゃないのだからよ。では、現在《いま》でも、小弥太はあの屋敷の座敷牢にいるというのだな？」

龍之介が申し訳なさそうに言う。

「いや、それが……」

倉蔵が鼠鳴《ねずみな》きするような声を出し、上目にそろりと龍之介を窺う。

「違うって？　じゃ、小弥太は現在《いま》どこに……」

「へえ、それが……。お小夜が言うには、三日ほど前《めえ》に、猪平という男が座敷牢に食い物を運んで行ったところ、鍵《かぎ》がこじ開けられ、蔵の中が蛻《もぬけ》の殻《から》だったとか……。それで、屋敷中が上を下への大騒ぎとなり、そこで初めて小弥太が座敷牢に閉じ込められていたことを知った使用人もいたのだとか……。いえね、そりや、お小夜は知ってやしたよ……。けど、お小夜にしてみれば秘密を知ったことでどんな責めを負《お》うことになるやもと不安で堪《たま》らず、誰にも言えないままでいたそうなんで……。ところが、こんな騒ぎになっちまった……。それで、これならもう他人《ひと》に話しても構わないのではないかと思ったんでしょうな。それで、そんなこととは知らずにたまたま訪ねて行ったあっしを摑《つか》まえ、実はこうこうしかじか……、とこれまで腹に溜《た》まっていたことを洗いざらい話してくれやしてね……」

倉蔵はそう言ってしまうと気が楽になったのか、桜木屋敷がそれから取った行動を話してくれた。

一部の使用人にしか本当のことを知らせていなかった桜木屋敷では、使用人を一堂に集め、小弥太が流行病《はやりやまい》に罹《かか》り、隔離《かくり》の意味で蔵の中に寝かせていたところ、本人が隔離を嫌《いや》がり、目を離した隙《すき》に逃げだしてしまったのだと説明したという。

つまり、ここで初めて、お上に届け出たことと辻褄《つじつま》を合わせたのである。

「旦那さまは使用人にこう言ったそうで……。病は快方《かいほう》に向かいつつあるが、決して予断を許さない状態なので、一刻《いっこく》も早く見つけ出し、当人がなんと言おうと四の五の言わせないで連れ帰ること……、その際、病のせいであらぬことを言い出すかもしれないが、何もかもが病のせいなので、一切《いっさい》の聞く耳を持たないように、とこう釘《くぎ》を刺したそうで……。といっても、お小夜にはそんな嘘は通りやせん！　というのも、猪平と話していた小弥太の声がとても病人とは思えない張りのある声で、そのときの様子から見て、これにはきっと裏があると睨《にら》んでいたものだから、あっしに何もかもを話してくれたってわけで……」

龍之介は懐手《ふところで》に何か考えているようだった。

「戸田さま、どうしやす？　俺ャ、お小夜という女ごの言うことを信じやすぜ……。これには必ず裏がある！　だって、理の聞こえないことを平気で小弥太に強《し》いる桜木でやすぜ？　おそらく、表に知られちゃ拙《まず》いことを小弥太に知られたかなんかで、口封《くちふう》じのために病と偽《いつわ》り、幽閉《ゆうへい》してしまったに違《ちげ》ェねえんだ！　ねっ、そう思いやせんか？」

佐之助が気を苛《いら》ったように言う。

「ああ、なんだか、俺にもそう思えてきたぜ……。だが、三日ほど前に小弥太が座敷牢を抜け出したのが本当だとしたら、いったい、どこに身を隠すだろうか……。まさか、兄貴の組屋敷に……。いや、まさかなァ……。となると、あとは姉の三智どののところか……。いや、あそこでは、桜木の追っ手に堕《お》ちるのは目に見えている……。かといって、他に小弥太が身を隠す場所などないはず……」

龍之介はそう独《ひと》りごち、はっと、と胸を突かれた。

もしかすると、夜陰《やいん》に紛《まぎ》れ、小弥太が日々堂を訪ねて来るかも……。

そう思うと、居ても立ってもいられなくなり、龍之介はむくりと立ち上がった。

「戸田さま、どこに行きなさるんで……」

佐之助が驚いたように龍之介を見る。

「帰《けえ》るぜ。こんなところで油を売ってる暇はねえからよ!」

「油を売るって、そんなァ……。えっ、じゃ、鰻はもう食わねえんで?」

倉蔵が慌てて立ち上がろうとする。

「おめえたちゃ、そのまま食ってな! ちょいと気になるんで、小弥太の姉さんの筋を当たってみることにした……。鳥目《ちょうもく》(代金)を済ませておくから、ゆっくり食っていくんだな」

龍之介はそう言うと、大小を腰に差し、大股《おおまた》に階段へと歩いて行った。

万瀬からとん平へと歩きながら、龍之介は小弥太に想いを馳《は》せた。

刻《とき》は八ツ半（午後三時頃）になろうとするのだろうか……。

ふと、小弥太の姉、吉村三智の顔が頭を過《よ》ぎった。

この前、小弥太が行方知れずになったと知らせに来たとき、三智は龍之介に、今後何があろうと、小弥太が自分を頼ることはないと思う、と寂《さみ》しそうに言ったのを思い出したのである。

「小弥太は登和さまと祝言《しゅうげん》を挙《あ》げてからというもの、一度も三崎に顔を見せたことがなく、いえ、それどころか、文《ふみ》の一つも寄越そうとしなかったのですよ。ですから、いきなり小弥太が姿を晦ましたと言われても、兄も寝耳に水で……。それで、すぐさま、兄から何か知らないかとわたくしの許《もと》に問い合わせがあったのですが、わたくしにしてみれば青天《せいてん》の霹靂《へきれき》……。三崎の兄が知らないものを、嫁に出たわたくしが知るはずもありません。確かに小弥太は八歳のときに母親を失い、以来、わたくしが母親代わりとなって育ててきましたが、わたくしが吉村に嫁《とつ》いでからは縁が切れたのも同然……。と言っても、三崎も吉村も共に三十俵《ぴょう》二人扶持《ぶち》ですので、あの子が桜木家に入るまでは、あれでも、わたくしが板場を預かるとん平にちょくちょく顔を出していたのですよ。けれども、あの子が桜木家に入ってからは音信不通となったきりで……。ですから、何があろうとも、今さらわたくしを頼りにすることはないと思います」

だが、口ではそう言っても、小弥太は三智が母親代わりとなって育てた可愛《かわい》い弟である。

それで、三崎の兄から小弥太の失踪《しっそう》を聞き居ても立ってもいられなくなり、龍之介が何か知っていないかと訪ねて来たのだった。

「そうですか……。やはり、あの子は戸田さまのところにも何も言ってきていないのですね。では、一体どこに……。他にあの子が頼れる人なんていませんのに……。現在《いま》言えるのは、何か悪いことが起きなければということだけ……」

三智は不安も露《あら》わにそう言った。

が、龍之介は、小弥太は強い男で何があろうとも自滅するような男ではない、きっと、考えたいことがあるのだろうから、再び皆の前に姿を現すまで信じてやろうではないか、と励ますことしか出来なかったのである。

それで、あのときは、これから北森下町のとん平に出るという三智と汁粉屋萩乃屋の前で別れた。

そのことから考えるに、あと半刻《はんとき》（約一時間）もすれば、三智もとん平に出て来るのでは……。

いや、待てよ。あのときは小弥太のことで龍之介に話したいことがあって遅くなっただけで、いつもは、今時分はもう見世《みせ》に出ているのかも……。

あのとき、小弥太に何かあればすぐさま知らせる、と三智に約束している。ならば、現在《いま》判っていることだけでも三智に知らせておくのが筋ではなかろうか……。

龍之介はそう思い、とん平を目掛けて歩いて行った。

案《あん》の定《じょう》、三智はすでに見世に出ていた。

とん平は現在《いま》が仕込みの真っ只中《ただなか》で、三智は他に二人ほどいる板場衆《いたばし》にてきぱきと指示を与えながら、自《みず》らも刺身《さしみ》用の魚を捌《さば》くのに余念《よねん》がなかった。

すると、この頃うちすっかり顔馴染《かおなじみ》となったとん平の御亭《ごてい》が、龍之介を見るや慌てて板場の三智に声をかけ、小上《こあ》がりに上がって待っているようにと促《うなが》す。

「いや、済まぬ……。忙しい最中《さなか》と解ってはいたのだが、たまたま近くを通りかかったものだから……」

龍之介は恐縮の体《てい》をよそおい、小上がりに上がった。

「いえ、いいんですよ。八割方、仕込みは終わっているでしょうからね……。ほら、ごらんなさい、やって来ましたよ。それでは、あたしはこれで……」

御亭は龍之介に会釈《えしやく》すると、板場から出て来た三智の耳許《みみもと》に何か囁《ささや》き、奥へと去った。

「戸田さま、よくお越し下さいました。あれ以来、小弥太からも戸田さまからもなんら音沙汰《おとさた》がないまま歳月《さいげつ》が経《た》つばかりで、やきもきしていましたのよ……」

三智が盆にお茶を載《の》せ、懐《なつ》かしそうに運んで来る。

「けれども、今日お越し下さりちょうど良かったですこと！ といいますのも、今日ここに来るときにも感じたのですが、ここ二日ほど、なんだか、わたくしの動向が誰かに探られているような気がしてならなかったのですよ」

三智は龍之介にそう言うと、茶を勧《すす》めた。

「えっ、三智どのの動向を探っているとは……。では、もう桜木の手が……」

「桜木？ 桜木がなぜにわたくしを跟けるのでしょう……。もしかして、小弥太が桜木から睨まれるようなことでもしたのでしょうか？」

三智が眉根《まゆね》を寄せる。

「まさか……。そんなことがあるわけがない！」

龍之介は狼狽《うろた》えながらも、きっぱりと否定した。

「では、三崎の兄上のほうには？　桜木から何か言ってきたということはありませんか？」

「いえ、それは……。兄からはまだ何も言ってきていませんのよ。ですから、誰かにあとを跟けられていると思うのは、わたくしの気のせいかもしれません。けれども、これまで背中に他人《ひと》の視線を感じるなんてことが一度もありませんでしたもので……」

「いやいや、三智どのがおっしゃるように、誰かに跟けられていると思うのは、きっと気のせいなんですよ……。それに、桜木が三智どのに用があるのなら、あとを跟けるなんてことをせずに、堂々と対峙《たいじ》するでしょう。ですから、仮に誰かが三智どのを跟けているとすれば、それは桜木ではなく、三智どのに関心のある者……。あっ……」

龍之介は突然袈裟懸《けさが》けを食らったかのように息を呑み、三智へと視線を移した。

三智も鳩が豆鉄砲《まめでっぽう》を食ったかのような顔をしている。

「まさか、小弥太ってことは……」

龍之介がそう呟《つぶや》くと、三智も頷く。

「そう言われれば、そのような気がしないでもないような……。けれども、跟けているのが小弥太だとすれば、何ゆえわたくしに声をかけてこないのでしょう」

「声をかけたくとも、かけられなかったのでは……」

「なぜ……。何ゆえ、たった一人の、しかも、母親代わりのわたくしに声をかけられぬ……」

「三智どのを面倒に巻き込みたくなかったからではないでしょうか」

「面倒なこと？　ああ、やはり何かあるのですね？　戸田さま、どうか本当のことをおっしゃって下さいませ！　小弥太はいったい何を犯《おか》したのでしょう」

三智が悲痛の目で龍之介を瞠める。

「いえ、何も犯していません！　ただ、小弥太自身が悪いことをしたわけではなくても、思いがけず、面倒に巻き込まれてしまうということがありますからね……。三智どの、わたしはおそらくそうではないかと考えています。けれども、小弥太をそんな面倒なことから救い出そうにも、奴が姿を晦ましたままではどうすることも出来ません……。それで今日は、三智どのなら何か知っておられるのではないかと思い、こうして訪ねてみたのですが、そうですか、三智どのの前にも小弥太は姿を現していないと……。解りました。三智どの、わたしは引き続き小弥太が現れそうな場所を当たってみます。ですから、これからも三智どのは気を強く持ち、小弥太のことを信じてやって下さいませ！」

龍之介がそう言うと、さすがに三智は武家の女ごだけあって、気丈《きじょう》にも、引き締《し》まった顔をして頷いた。

「それでですね、三智どの。もしも小弥太が今後姿を見せるとしたら、それはどこなのか、何か心当たりはありませんか？」

龍之介が三智の目を食い入るように瞠めると、三智は目の遣《や》り場に困り視線を彷徨《さまよ》わせた。

が、何やら思いついたのか、はっと龍之介に目を戻す。

「思い当たるのは、ただ一箇所……。三崎の墓所、彌勒寺《みろくじ》です。小弥太は早くに母親を失いましたので、子供の頃より命日《めいにち》には必ず墓詣《はかまい》りに連れて行きましたの……。あの子、御徒組《おかちぐみ》組屋敷のある小名木川《おなぎがわ》沿いにはあまり遊び相手がいなくて、彌勒寺に行きますと、境内《けいだい》で遊ぶ近所の子供たちの仲間に入れてもらって……。いつしか、ご住持ともすっかり親しくなったようで、わたくしたちがお詣りを終える頃合をみては、お供《そな》えのお下がりを仕度《したく》し、声をかけて下さるようになりましてね。あの子、本当にお寺の好きな、変わった子でしてね……。ごめんなさい、心当たりといえばそんなことしか思いつきませんの。これでは役に立ちませんわよね？」

龍之介は、いやっ、と首を振った。

なぜかしら、小弥太には寺の雰囲気が似合っているように思えたのである。

そういえば、いつだったか、こんなことがあったように思う。

川添道場で師範代の座を巡り、龍之介が田邊朔之助、三崎小弥太の二人と切磋《せっさ》琢磨《たくま》していた頃のことである。

夏場になると、時折、門弟たちは道場のある松井町からさほど遠くない要律寺《ようりつじ》の境内で息抜きをした。

その際、誰が言い出すともなく、先への不安や置かれた立場の不運を嘆《なげ》き、互いに繰言《くりごと》を募《つの》っては胸晴《むねはらし》をしたものである。

そんなとき、小弥太がぽつりと呟いたことがある。

「戸田はいいよなァ！　俺たちと同じ冷飯《ひやめし》食いといっても、何しろ、鷹匠《たかじょう》支配《しはい》千五百石のお坊《ぼっ》ちゃまだからよ……。しかもだぜ？　氏素性《うじすじょう》が良いうえに、見てくれまでが好《よ》いとくる！　そんな男だ、婿養子《ようし》に欲《ほ》しいという家がごまんとあるというのに、手前勝手に家を飛び出し、敢《あ》えて、世を儚《はかな》んだような素振りを見せてるだけなんだからよ……。はン、口が裂《さ》けても、三十俵二人扶持御徒組の次男坊と一緒だとは言ってもらいたくないよ！　それに、おう、田邊！　おぬしとて同様だ……。小普請組無役《こぶしんぐみむやく》の五十俵といっても、婿養子としてすでに居場所を与えられてるじゃないか！　それなのに、婿の身が辛《つら》いだと？　はン、よく言えたもんだぜ……。俺なんぞ、俺なんぞ、どこの誰が婿に貰《もら》いたいと言ってくれるかよ……。剣の腕なら、決して、おぬしたちに後《おく》れを取らない！　だが、見ろよ、この風体《ふうてい》を……。糞ォ……、なんで、天は戸田にだけ二物《にぶつ》も三物《さんぶつ》も与え、俺には一物《いちぶつ》も与えてくれぬ！　ああ、いっそのやけ、寺侍《てらざむらい》にでもなろうかと思うくらいだぜ……。ああ、嗤《わら》うがいいさ！　嗤われることなんて日常茶飯事《にちじょうさはんじ》で、もうすっかり、肌身に馴染《なじ》んでいるのでな。悔しくも屁《へ》ともない！」

そのときの小弥太は、よほど気を苛っていたのだと思う。

「三崎、止せ！　おぬしの僻《ひが》み節《ぶし》はもう聞き飽《あ》きた……。その根性が、よけいこそ運を遠ざけているってことに気がつかないのか！」

田邊が不遜《ふそん》の笑《え》みを浮かべてそう言うと、小弥太はさらに食ってかかった。

「おっ、言ったな、田邊！　なんだい、おぬしこそ女々《めめ》しいではないか！　ふた言目には、どれだけ婿養子が辛いものかとぐだぐだ並べ立てるくせして、よく他人《ひと》のことが言えたもんだよ！　俺に言わせれば、女房の尻に敷《し》かれていようと、厄介者《やっかいもの》扱いされないだけ有難《ありがた》いと思うんだな」

そこで、龍之介が堪《たま》りかねて割って入った。

「二人とも止さないか！　ああ、解った、解った！　三崎、それ以上言うな。どうせ、鷹匠支配の家に生まれたおぬしとは違うとでも言いたいのであろうが、そんなことは言われなくても解っている……。だがよ、今さら解っていることを並べ立ててもどうしようもないだろう？　だったら、前を向いて生きていくより仕方がないではないか……。生きていればこそ、明日《あした》はある！　明日は明日の風が吹くってもんでよ」

龍之介にそう言われてしまうと小弥太にも後が続かず、恨《うら》めしそうに口を閉じてしまった。

が、あの頃の小弥太の気持がいかほどのものだったか……。

おそらく、生まれ合わせの不運を呪《のろ》い、ワッと叫び出したい想いに常に囚《とら》われていたのではなかろうか……。

だからこそ、後先《あとさき》考えずに桜木登和との縁談に飛びつき、理の通らないことにも目を瞑る覚悟をしたのであろうが、現実にぶつかると目を瞑ってばかりもいられず、小弥太の中に某かの変化が起きた……。

それが原因《もと》で幽閉を余儀《よぎ》なくされ、その結果、出奔《しゅっぽん》ということになったのだとしたら……。

そうとしか考えられなかった。

が、出奔したのはよいが、小弥太には寄る辺《べ》なく、身を隠す場所など皆無《かいむ》といってもよいだろう。

「三智どの、彌勒寺のご住持は、小弥太が桜木家の婿養子になったことをご存知でしょうか」

龍之介が三智に目を据える。

「ええ、ご存知です……。去年の盂蘭盆会《うらぼんえ》にお詣りしたわたくしに、小弥太は息災《そくさい》にしているか、とご住持が訊ねられましたの。それで、この春嫡男が生まれたことをお話ししますと、大層悦《よろこ》んで下さいましてね……」

三智は腹に一物でも抱えているかのように、複雑な表情を見せた。

龍之介には三智の想いが手に取るように解った。

住持には幼少の頃より小弥太を可愛がってもらっただけに、なおのこと本当のことが告げられず、それが三智に暝《くら》い陰を落とさせてしまったのであろう。

が、勘《かん》の良い三智は、ふと取り繕《つくろ》ったような笑みを浮かべて続けた。

「戸田さまは小弥太がご住持を頼っていったのではないかと考えておられるのですね？　ええ、わたくしもたった今そう感じました。今や、あの子に頼れるのは、あの方以外にはいませんもの……。あの方なら、小弥太の話に耳を傾けて下さり、どうすべきか教示《きようじ》して下さるかと思います。ああ、どうしましょう……。わたくしがすぐさま彌勒寺をお訪ねすればよいのでしょうが、今、わたくしが見世を抜け出すと騒ぎが大きくなってしまいます。それとなく探りを入れるのであれば、やはり、山留《やまどめ》（閉店）になってからでないと……」

三智はそう言い、ちらと御亭のほうを窺った。

これから口切《くちきり》（開店）というときに三智が板場に穴をあけたのでは、問題が大きくなり、他の者に知られなくてよいことまで知られることに……。

そんなことをしたのでは、ますます小弥太が窮地《きゆうち》に追い込まれてしまう。

「解りました。三智どの、では、わたしが参りましょう」

龍之介がそう言うと、三智は慌てた。

「なりません！　お一人で行かれては……。ご住持は戸田さまが小弥太にとってどんな方なのか判らないうちは、決して心を開いて下さいません。むしろ、警戒されるのが関の山……。ですから、やはり、わたくしが……。というより、わたくしと一緒に戸田さまもおいでいただくわけにはいきませんか？　わたくしは五ツ半（午後九時頃）過ぎには見世を出ますので、それまでお待ち願うことは出来ないものでしょうか」

「解りました。では、いったん、わたしは日々堂に戻ります。あれでも、留守の間に何か知らせが入っているかもしれませんのでね……。いえね、実は、町小使《まちこづかい》（飛脚《ひきやく》）にも小弥太の行方を捜《さが》させていましてね……。小弥太が三日前に桜木屋敷を出奔したことも、奴らが摑んできてくれたから判ったことなのですよ」

えっと、三智が訝しそうな顔をする。

「三日前とは……。小弥太が姿を消したのは、去年の秋のこと……。それなのになぜ？」

「いえ、それが……。実は、これも今日判ったことなのですが、去年の秋の失踪騒動は見せかけで、なんと、小弥太はこれまで屋敷内の座敷牢に幽閉されていたというではないですか！　それなのに、桜木では使用人や三崎に小弥太が失踪したと偽り、一方、お上には病のために療養と届け出ていたのですからね……。ところが、三日前、小弥太が隙を見て牢を抜け出した……。それで、今度は慌てて重病のため隔離していたと前言《ぜんげん》を翻《ひるがえ》すや、現在《いま》、血眼《ちまなこ》になって若党たちに行方を追わせているとか……。このように人を無礼《なめ》た話があって堪るものですか！」

龍之介が怒りに身体をぶるるっと顫《ふる》わせる。

「お待ち下さいませ！　何ゆえ、小弥太が幽閉されなければならないのですか？それに、使用人に小弥太が失踪しただの重病にて隔離などと、嘘を何度も翻すとは妙ではありませんか……」

さすがは、三智である。

並の女ごなら失踪と聞いただけで顫え上がるというのに、幽閉だの隔離だのと嘘を畳《たた》みかけられても動じることなく、その矛盾《むじゅん》を突いてくるとは……。

「ええ、ですから、これは飽《あ》くまでも推測にすぎないのですが、小弥太は桜木屋敷に隠された秘密を握ってしまったのではないでしょうか……。登和どのには小弥太と祝言を挙げる前から他に好いた男がいることや、生まれた嫡男が小弥太の子でないのはむろんのことで、それとは別の秘密事……。それでなければ、今さら、小弥太が幽閉されることはないですからね」

「つまり、小弥太に表で喋られては困るので、口封じのために幽閉したと？　けれども、それならば、何ゆえ、ひと思いに抹殺《まっさつ》してしまわなかったのでしょう……。抹殺してしまえば、幽閉することも、こうして逃げられ、血眼になって行方を捜すこともなかったでしょうに……」

三智の言葉に、龍之介の胸がきやりと音を立てた。

なんと、龍之介自身も怪訝《けげん》に思い、また、そうあってはならないと危惧《きぐ》していることを、ここまでずばりと言い切るとは……。

「ええ、わたしもそう思いました。けれども、小弥太を抹殺しきれなかったところに、桜木家の情がほんの少し垣間《かいま》見られるのでは……」

「要するに、桜木では端《はな》から己《おのれ》に非があると認め、それで後ろめたいものだから、ひと思いに殺さなかったというのですね？　それのどこが情でしょうか！　戸田さま、よく解りました。わたくし、何があっても小弥太を救ってみせます！　では、後ほど改めまして……」

三智は凜然《りんぜん》と言い切ると、一礼し、小上がりから出て行《い》った。

その後ろ姿を茫然《ぼうぜん》と見送り、龍之介が深々と息を吐《つ》く。

もやもやと胸の中で靄《もや》っていたものが、なんだか三智のお陰で、はっきりと目に見えてきたように思えたのである。

そうなのだ……。

小弥太は登和に情事の相手がいると知りながらも桜木家に婿に入り、それがために知らなくてもよいことまで知ってしまい、そこで初めて抗《あらが》う気になったのかもしれない。

小弥太が何に抗ったのかまでは判らないが、その結果、幽閉されることになったのは、桜木にいずれ小弥太を懐柔《かいじゅう》しようという腹があったからなのか、それとも不憫《ふびん》に思ったからなのか……。

ところが、小弥太は桜木に籠絡《ろうらく》されることなく、なんとか逃げ延びることのほうを選んだ。

よくやった、小弥太！

龍之介は思わず喝采《かっさい》を送りそうになり、かっと胸に衝《つ》き上げる熱いものを呑み込んだ。

「あっ、お帰りで？　そろそろ口切なんで、今、熱いところを一本お燗《つ》けしようと思っていましたのに……」

龍之介が小上がりから下りかけると、御亭が愛想笑《あいそ》いをしながら寄って来た。

「いや、まだ用が残っているのでな。邪魔したな。三智どのに宜《よろ》しく伝えてくれないか」

「へっ、そういたしやしょう。では、またのお越しを……」

龍之介は軽く会釈を返すと、とん平を後にした。


龍之介が日々堂の店先から見世の中を覗くと、ひと足先に帰っていた佐之助が慌てて表に飛び出して来た。

「どうでやした？　小弥太が姉さんのところに何か言ってきてやしたか？」

佐之助が他の者に気づかれないように見世のほうをちらと窺い、小声で訊ねる。

「いや、もしかしたらと思ったんだが、やはり、何も言ってきていなかった……。だが、小弥太の姉上から耳寄りな情報を得たので、今宵《こよい》五ツ半過ぎに一緒に彌勒寺を訪ねてみるつもりだ」

「彌勒寺？　なんでまた……」

「そこが三崎の菩提寺《ぼだいじ》だそうでよ。三智どのの話では、幼い頃より母親の墓詣りによく連れて行っていて、彌勒寺の住持には格別可愛《かくべつ》がってもらったというのよ。三智どのが言われるには、小弥太には他に頼る者がいないそうだ……。それで、もしや小弥太が訪ねていくのではなかろうかと一縷《いちる》の望みを託《たく》そうと思ってよ。まっ、訪ねたところで無駄足《むだあし》に終わるかもしれないのだが……。とはいえ、何もしないで手を拱《こまぬ》いていても仕方がないので、三智どのが手の空《す》く頃合を見て、一緒に訪ねてみることにしたのよ」

佐之助が納得したとばかりに頷く。

「さいですね。何か判れば儲《もう》けものって思ってりゃ、がっかりすることもねえ……。そうそう、それがね、あっしのほうにもなんと手応えがありやしたんで！」

手応えという言葉に、龍之介がおっと身を乗り出す。

「なんだ、早く言えよ！　何が判った？」

「ええ、それがね……。戸田さまが万瀬を出た後、思い切って、倉蔵にお小夜という女ごのことを根から葉から訊ねてみたんでやすよ。いえね、お小夜の言ってることが決して信じられねえってわけじゃねえんだが、何ゆえ、お小夜がそこまで小弥太に肩入れするのか解らなかったもんで……。そしたら、倉蔵が意味深な嗤いを浮かべて、こう言うじゃありやせんか！」

龍之介が目をまじくじさせる。

いったい、佐之助は何を言おうとしているのだろう……。

お小夜が小弥太に肩入れしたところで、それのどこが理不尽だというのだ。

誰であれ、己が仕える屋敷内に座敷牢なるものがあれば、中で何が行われているのか探りたくなって当然のこと……。

それなのに、佐之助のこの言いようは、まるで、お小夜が小弥太に特別な感情を持っているかのようではないか……。

龍之介の怪訝そうな表情を見て、佐之助が慌てる。

「待って下せえよ！　戸田さま、たった今、つなもねえ（埒《らち》もない）ことを考えたでやしょ？　違う、違う、そんなんじゃねえんで……。いえね、聞くところによると、お小夜があの屋敷に奉公に上がったばかりの頃に、同じようなことがあったというんでやすよ……。そのときは内蔵の中から女ごの忍び泣く声がしたもんだから、すぐさま、奥方さまに知らせたそうなんだが、おまえの空耳《そらみみ》であろうと歯牙《しが》にもかけてもらえず、それから間なしに内蔵から人の気配が消えた……。それで、やっぱり空耳だったのかと思った矢先、古くからあの屋敷に奉公している婢が何気なく、ここ数日中、婢二人がなんら挨拶もなしに姿を消した、と不満げに呟いたそうで……。お小夜は口から心の臓《しんぞう》が飛び出すんじゃねえかと思うほど驚いたが、なぜかしら、内蔵で聞いた女ごの声のことを口外《こうがい》してはならないような気がし、以来、一切の口を閉ざしてしまい、極力《きょくりょく》、内蔵には目を向けないようにしてきたそうでやしてね……。それからしばらくして奥方さまが亡くなった……。それで、お小夜自身も内蔵であったことをすっかり忘れちまってたんだが、此度《こたび》は婿に入った旦那さまの姿を見掛けなくなったと案じていたところ、内蔵から男の声が聞こえてきたもんだから、再び、お屋敷に奇々怪々《ききかいかい》とした秘密が隠されているように思えてならなくなったってわけで……。そこで、お庭番の目を盗んで内蔵に近づき、外から声をかけてみた……。すると、紛れもなく、しばらく前に行方知れずになった旦那さまの声がしたというじゃないですか……。旦那さまは、助けてほしい、おまえに迷惑がかかっては拙いので、外から蔵の鍵を開けてくれるだけでいい、あとのことはすべて自分が責めを負うので、おまえは鍵の管理をする猪平が閉め忘れたかのように振る舞ってくれ、とそう頼んできたそうでやしてね。猪平という爺《じい》さんは七十路《ななそじ》近くで、何かといえば転《うた》た寝をするもんだから、お小夜はその隙を狙って鍵を持ち出し、万が一のときに備え、若夫婦の寝所に忍び込んで脇差《わきざし》を盗み出して小弥太に渡したそうでやしてね……」

龍之介の顔色が変わる。

「では、小弥太は脇差を持ち出したというのだな?」

「ええ……。倉蔵がお小夜から聞き出した話はそこまでで……。倉蔵はしきりにお小夜のことを案じてやしてね。良かれと思ってしたことなんだろうが、今頃、小弥太を逃《のが》したことでお咎《とが》めを受け、折檻《せっかん》されてるんじゃなかろうかと……。あっしもその話を聞いて、なんだか嫌な気がしてならなくなりやしてね……。だって、何年か前《めえ》に、お小夜は内蔵に閉じ込められた女ごの声を耳にしてるんでやすぜ? 桜木屋敷ではそんなことが日常茶飯事となれば、お小夜だって何をされてるか判りやせんからね……」

佐之助が忌々しそうな顔をする。

「では、おまえはお小夜が何年か前に耳にした内蔵の女ごの声は空耳ではなかったというんだな?」

龍之介に瞠められ、佐之助が唇を嚙み締める。

「だが、空耳でなかったのであれば、その女ごは何ゆえ閉じ込められていたのだ？　そして、その後、その女ごはどうなった……」

「どうなったのかと言われても……。いえね、あっしが思うには、その女ご、南蛮《なんばん》あたりに売り飛ばされたんじゃねえかと……。というのも、いつだったか聞いたことがあるような気が……。いえね、抜荷《ぬけに》（密貿易）の代価として、金ではなくうら若《わけ》ェ女ごが充《あ》てられることがあるとか……。まさか、桜木がそれに加担《かたん》しているとは考えたくねえが、桜木が門番同心というお役にあるとすれば、まんざら考えられねえこともねえかと……」

「佐之助、おまえ……。何を言ってるのか解ってるのだろうな？」

龍之介が唖然《あぜん》とした顔をすると、佐之助は挙措を失った。

「あっ、済んません！　いや、ちらとそう思っただけなんで、今のは忘れて下せえ……」

龍之介は腕を組み、うーん、と唸《うな》った。

佐之助の推理は、まんざら外《はず》れていないかも……。

とはいえ、確証があるわけでもなく、飽くまでも推測なのである。

「あい解った！　佐之助、今の話を決して口外するんじゃないぞ！」

「へっ、承知」

佐之助はそう言うと、見世の中に戻って行った。

龍之介は玄関口に廻ると、何事もなかったかのような顔をして、茶の間に入ろうとした。

と、そこに、お葉が慌てふためいたように外出用の羽織《はおり》を纏《まと》いながら、茶の間から出て来たではないか……。

「おや、驚いた……。戸田さまじゃないか！　今日は早いお帰りで……」

お葉が羽織の紐《ひも》を結びながら言う。

「ええ、まっ……。といっても、夜分、もう一度出掛けなければならないのですが、ひとまずは……。それより、お葉さんこそ慌てた様子で、いったいどこに……」

お葉は今にも泣き出しそうな面差しで、龍之介を瞠めた。

「それがさァ、たった今、知らせが入ったんだけど、朝次が危篤《きとく》というんだよ……」

えっ、と龍之介の顔から色が失せる。

「朝次が危篤って、それはどういうことなんです？　正月に戻って来たときには、あんなに息災そうだったのに……」

そう言い、龍之介の胸がじくりと疼《うず》く。

朝次は決して息災ではなかったのである。

大柄な体軀《たいく》をした朝次がすっかり痩《や》せ細り、目にも肌にも精彩《せいさい》がなかったではないか……。

それなのに、誰もが現実から目を逸《そ》らし、勝手に息災そうだとか、すぐに元の身体に戻るさ、と気休めを言っていただけなのである。

「お富の話じゃ、今朝はずいぶんと具合が悪そうで、話しかけても答えることも出来なかったそうなんだが、お富の顔を見て安心したのか眠りに就《つ》き、まだ息はあるんだが意識を回復することはなく、昏々《こんこん》と眠り続けているそうなんだよ……」

「それで、立軒さまはなんと……」

お葉が辛そうに首を振る。

「今宵が山だとか……。それで、現在《いま》のうちに逢《あ》わせたい者に逢わせておくようにと、下働きの三千蔵さんを遣《つか》いに寄越してさ……。そんな理由《わけ》なんで、あたしは佐賀町までひとっ走りしなくちゃならないんだが、戸田さま、悪いけど、清太郎のことを頼まれてくれないかえ？　おっつけ、手習塾から戻って来るだろうからさ」

「ああ、解った。というか、俺も一緒に行こうか？」

「いえ、いいんですよ。戸田さまには留守を護《まも》っておいてほしいんでね。さっき、佐之助からちょっと聞いたんだけど、戸田さまのほうも大変なんだってね？」

佐之助、あの藤四郎《とうしろう》が……。ぺらぺら、よけいなことを喋りやがって！

龍之介はちらと見世のほうに目をやり、取ってつけたような笑みを片頬《かたほお》に浮かべた。

「ええ、まっ、大変といえば大変なんだが、こっちはまだ手探《てさぐ》りの状態で……。が、朝次の生命《いのち》がもうあまり永くないというのであれば……」

「朝次を看取《みと》ってやるのが先決だと？　てんごう言ってんじゃないよ！　戸田さまには朝次を看取る前にすることがあるだろう？　小弥太って友を助けられるのは戸田さましかいないんだよ……。朝次のことにかまけている間に、その友に何か動きがあったらどうするのさ……。朝次のことはお富やあたしに委《まか》せて、戸田さまはいつどんな知らせが入っても駆けつけられるように待機しているのが筋だと思うが、違うかえ?」

お葉は厳しい口調でそう言った。

お葉が言うのも尤《もっと》もで、現在《いま》の龍之介には、四方八方《しほうはっぽう》へと愛嬌《あいきょう》を振りまいている余裕《ゆとり》などないのである。

「解りました。では、留守を預かりますゆえ、朝次のこと、宜しく頼みましたぞ……」

龍之介がそう呟くと、お葉はふと目許《めもと》を弛《ゆる》めた。

「ごめんよ、きついことを言っちまって……。戸田さまだって、朝次のことが案じられてならないよね? 解ってるんだよ。解っているけど、こう次々にいろんなことがあるもんだから、つい、あたしも気を苛っちまってね……」

お葉の目が潤《うる》んでいる。

龍之介の胸にカッと熱いものが衝き上げてくる。

おそらく、お葉は泣き出したいのを懸命《けんめい》に堪《こら》えているのであろう。

龍之介は無言で頷くと、励ますかのように、お葉の背をポンポンと叩《たた》いた。

「じゃ、行って来るね」

お葉は逃げるようにして、玄関口へと歩いて行った。

高橋《たかばし》を北に渡って五間堀《ごけんぼり》へと歩くと彌勒寺橋があり、堀に沿った形で彌勒寺がある。

龍之介は三智と肩を並べて歩きながら、ふと、お葉の母久乃はそこで眠っているのだ、と思った。

お葉の実家《さと》よし乃屋の墓所は六間堀沿いの要律寺にあるが、陰陽師《おんみようじ》のあとを追って上方《かみがた》に逃げ、尾羽《おは》打ち枯らして江戸に舞い戻った久乃を、まさか、骸《むくろ》になったからといって、要律寺に埋葬《まいそう》するわけにはいかない。

そこで、元よし乃屋のお端女《はしため》お近《ちか》が彌勒寺の住持に掛け合い、久乃の出所柏《かしわ》屋《や》の墓の隣に葬《ほうむ》ったのだという。

お近は久乃が最後に頼った女ごである。

お葉は長いこと行方の判らなかった久乃が長患《ながわずら》いで臥《ふ》していると知らせを受け、お近の営《いとな》む茶飯屋《ちやめしや》汀亭《なぎさてい》に駆けつけた。

ところが久乃はもうこの世の人ではなく、ほんの少し前に、お近の手で彌勒寺に埋葬された後だった。

そのとき、お葉はお近から託された花簪《はなかんざし》を手に竪川《たてかわ》を渡り、彌勒寺へと歩いたという。

父嘉次郎《かじろう》がお葉の帯解《おびとき》の祝いに贈《おく》ってくれた、珊瑚《さんご》をちりばめた桜の花簪……。

「久乃さんね、これをお葉に返してくれって、息も絶《た》え絶《だ》えにそう言ったんだよ……。あたし、そのとき、ああ、この女《ひと》はずっと娘に済まないことをしたと思い続けてきたんだと思ってね……。それからしばらくして久乃さんは息絶えたんだけど、最後の力を振り絞《しぼ》って、この簪をおまえさんに返してくれと言ったのだと思うと、あたし、泣けて、泣けて……。正《まさ》な話、久乃さんがうちに転がり込んできて一年半……。ときには、なぜあたしが久乃さんの世話をしなくちゃならないのかと腹立たしく思ったこともあったよ。けど、久乃さん、御船蔵前《おふなぐらまえ》を飛び出すときに、着物や櫛簪《くしかんざし》、小物といったものをほとんど残していってね……。しかも、自分の持ち物すべてをお近の采配《さいはい》に委せるって書き置きがあったもんだから、あたし、よし乃屋を飛び出す際にそれらを持ち出し、金に換《か》えたんだよ……。十五のときからずっとあの女《ひと》に仕えてきて、謂《い》わば、あたしはあの女《ひと》に振り回されてきたのも同然……。せめて、このくらいのことはしてもらってもいいのではと思ったあたしは、その金を元手《もとで》に小さな茶飯屋を開いてね……。それが滅法界《めっぽうかい》当たり、あれよあれよという間に現在《いま》の構えとなったってわけでさ……。それが一方、おまえさんは裸同然で路頭《ろとう》に迷うことになった……。だから、おまえさんのことを思えば、あたしがあの女《ひと》の最期《さいご》を看取るのは当然と思ってさ……。けど、久乃さん、この花簪を肌身離さず持ち歩いていたというじゃないか。きっと花簪を娘だと思って詫《わ》びを言い続けてきたんだよ……。それで、その想いをおまえさんに伝えたくて、今際《いまわ》の際《きわ》にあたしにこれを託した……。あの女《ひと》、不器《ぶき》（不器用）で情の張った女《ひと》だから、そんな気持の表し方しか出来なかったんだよ……」

あのとき、お葉に花簪を手渡しながら、お近はそう言ったという。

だが、そんなことで、長年持ち続けてきた久乃への恨みが消え去るものでもない。

お葉はその脚で彌勒寺へと向かうと、久乃の墓の前に長いこと佇《たたず》んでいたというが、そのとき、お葉が何を考えていたかまでは解らない。

が、それから少し後に、久乃の墓に詣った友七親分が花立ての中に菊の花と一緒に花簪が挿《さ》してあるのに気がついた。

お近から花簪のことを聞いていた友七には、すぐにそれがお葉の仕業《しわざ》と判ったという。

その話を聞いた龍之介も、ポンと膝を叩いた。

「花簪は久乃さんが家を出るときに娘だと思い持って出たもの……。とすれば、女将さんは、これからも花簪を自分だと思いあの世に持って行けと……。それに、その花簪はよし乃屋の旦那が娘のために買ってやったのだろう？　だったらなおさらだ！　父親《ておや》が娘のために買ってやった花簪を母親の墓に供《そな》えるってことは、そこで初めて、散り散りだった身内がひとつになれるってわけなんだからよ！」

龍之介はそう推測したが、肝心《かんじん》のお葉が久乃の墓から戻るや寝込んでしまい、本当のところはどうなのか、訊ねようにも訊ねられない。

結句、花簪は友七の機転で彌勒寺の住持に預けられたが、それからしばらくしてお葉の手で四十九日の法要が行われ、その際、墓碑《ぼひ》を建て、中に花簪を収めることになったのだった。

が、お葉は久乃のことで失意のどん底に突き落とされ、鬼の霍乱《かくらん》とでもいおうか、しばらく寝込むことになってしまったのである。

　そんなお葉を本気で立ち直らせたのは、置屋喜之屋《おきやきのや》のお楽《らく》の死であった。

　少し前から血の道（更年期障害）で床に就くことが多くなっていたお楽が、酒毒《しゅどく》に冒《おか》され肝《かん》の臓を患い、手の施《ほどこ》しようのない状態に陥ってしまったのである。

　いよいよ今年もあと三日というときになり、お楽はお葉に看取られ、喜久治《きくじ》……、喜久治……、おまえに逢えて良かった……、おまえはあたしの娘……、息子との縁は薄かったが、あたしはおまえのことを娘と……、けど、もうあの子（お楽の息子元吉《もときち》）の許に行ってやらなきゃ……、と呟き、息を引き取った。

「嫌だよ、おかあさん！　あっちを置いて逝《い》かないでおくれよ……。あっちこそ、おかあさんに逢えてどんなに幸せだったか……。おかあさん、おかあさん……、あァん、あァん、あっちを置いて逝くなんて酷いじゃないか……。おかあさん、いや、おまえはあっちのおっかさん！　おっかさん、戻って来ておくれよ……」

　お葉は幼児のように泣きじゃくった。

　そんなお葉に、おはまはそっと囁いた。

「お泣きなさい。思い残すことなく泣いていいんですよ」

おはまにはお葉の気持が解っていたのであろう。

十歳の時に久乃に捨てられたお葉にとって、お楽は一人前の芸者に育ててくれた師匠というより、おっかさんそのもの……。

お楽の野辺《のべ》送《おく》りを滞《とどこお》りなく済ませ、いよいよ明日は大晦日《おおつごもり》という日、おはまは友七を相手にこう言った。

「女将さんね、おっかさんのときにしたくても出来なかったことを、お楽さんに……、というか、お楽さんは女将さんのおっかさんであり、久乃さんの身代わりでもあったってことかしら……。久乃さんの場合はあんな形で最後の最後まで逃げられちまったでしょう？　母娘《おやこ》としての会話もなければ触れ合いもなく、女将さんにしてみれば、咀嚼《そしやく》できない澱《おり》のようなものが胸に溜《た》まったって不思議はありませんからね。けれども、お楽さんは女将さんが駆けつけるまでちゃんと待っていて下さった……。最後の瞬間まで、母娘《おやこ》としての情が交《か》わせたんですものね。あたしね、喜之屋の見習が、女将さんがお楽さんの見舞いに来られたが、こうこうしかじかで帰宅が遅くなるかもしれないと知らせに来たとき、これはもしかすると……、と胸騒《むなさわ》ぎがしましてね。それで喜之屋に駆けつけてみたところ、案の定、たった今お楽さんが息を引き取ったところのようで、病間から女将さんの猛《たけ》り狂ったような泣き声が聞こえてくるじゃないですか……。あたし、あんな女将さんの姿を初めて見たものだから、しばらく立ち尽くしていたんですが、女将さんがお楽さんのことをおかあさんではなく、おっかさんと呼んでいるのを見て、ああ、女将さんはお楽さんに久乃さんの姿を重《かさ》ね合わせているのだな、と思いましてね……。だったら泣かせてあげよう、思いの丈《たけ》を吐《は》き出させてあげようと思って……」

それを聞き、お葉は照れ臭そうに言った。

「嫌だよ、おはまは……。猛り狂っただなんて人聞きの悪い！　ああ、泣いたさ……。あんな姿は決して清太郎には見せられないね。けど、そのお陰で、何もかもが吹っ切れたみたいでさ……。喜之屋のおかあさんがあたしを助けてくれたんだと思うと、どんなに感謝しても、し尽くせないほどだよ」

友七にもお葉の気持が手に取るように解った。

久乃の死では泣けなかったが、お楽の前で涙をすべて出し切ってしまい、ある意味、お葉は救われたのではなかろうか……。

久乃とお楽が立て続けにこの世を去って、一年と少し……。

あれから、お葉は日々堂甚三郎の眠る本誓寺《ほんせいじ》の他、よし乃屋の菩提寺である要律寺、そして、久乃の墓がある彌勒寺と、盆や彼岸《ひがん》、祥月《しょうつき》命日の墓参を欠かしたことがない。

龍之介は思った。

小弥太と彌勒寺の関係をまだ話していないが、お葉が聞けばおそらく驚くに違いない。

が、驚くといえば、彌勒寺の住持も同様……。

三智は今宵二人が訪ねて行くことを彌勒寺の住持にまだ話していないはずだが、はて、こんな夜更《よふ》けにいきなり訪ねて行っても構わないのだろうか……。

そんな想いがちらと頭を過ぎり、龍之介は隣を歩く三智に声をかけた。

「こんな夜更けに訪ねて行っても構わないのでしょうか……」

三智が目の高さまで提灯《ちょうちん》を翳《かざ》してみせる。

「小弥太が訪ねて行ったかどうかは判りませんが、あのご住持のことですもの、小弥太が桜木屋敷から姿を消したことはおそらく耳に入れておいででしょう。それより案じられるのは、すでに彌勒寺にまで桜木の追っ手がかかっていないかどうかということ……」

龍之介の胸がきやりと高鳴る。

「三智どの、少し急ぎましょう!」

「はい」

三智は頷くと、脚を速めた。


案の定、寺の表門は閉まっていた。

が、三智は勝手知ったる我が家とばかりに庫裡《くり》脇に廻って行くと、水口《みずぐち》の扉をポンポンと叩いた。

厨《くりや》の中で灯《ひ》が動き、寺小姓《てらこしょう》が手燭《てしょく》を手に水口の扉を開ける。

「どなたさまで……。あっ、三崎さまの……」

寺小姓が狼狽え、早く中に入れと手招きする。

「夜分遅く申し訳ありません」

「いいのですよ。さっ、早く! ご住職がお待ちかねにございます」

「では、小弥太が……。やはり、小弥太がこちらに参っているのですね?」

「いえ、それが……。さっ、とにかく、奥に……」

寺小姓の様子を見ただけでは、小弥太がここにいるのかいないのか、まだ判らない。

三智と龍之介は恐る恐る庫裡の奥へと入って行った。

「おお、これは三智どの……。よう参られた」

住持は三智の姿を認めると、手焙《てあぶ》りを前に押し出し、火に当たるようにと勧めた。

「やはり、お見えになりましたな……。おそらく参られるだろうと思い、小弥太を引き留めておきたかったのだが……」

「お久しゅうございます。では、やはり、小弥太はここに来たのですね？」

「昨日、現れた……。で、こちらは？」

住持が龍之介に目を据える。

龍之介は慌てて頭を下げた。

「戸田龍之介と申します。三崎とは、いや、桜木小弥太とは川添道場での朋輩《ほうばい》でして……。小弥太が桜木家に入るまでは親しくしていましたので、此度、小弥太が桜木家より出奔したと聞き、居ても立ってもいられなくなり、三智どのにお頼みして連れて来てもらった次第でして……」

「ほう、そなたが戸田どの……。ええ、小弥太から聞いておりますぞ。なんでも、鷹匠支配の弟君だとか……。小弥太が言っていました。桜木家を飛び出したのはよいが、今さら三崎には戻れず、さりとて他に身を寄せる場所もない、せめて刎頸《ふんけい》の交《まじ》わりをした戸田を訪ねてみようかと思ったが、あの男も現在《いま》は他家に身を寄せているとあっては、そうもいかないと……」

住持は好々爺然《こうこうやぜん》とした笑みを見せた。

「畏《おそ》れ入ります。何しろ、わたしは日々堂という便り屋に居候《いそうろう》の身とあって……」

龍之介が気を兼ねたようにそう言うと、住持は手慣れた仕種《しぐさ》で茶を点《た》てた。

「黒江町の便り屋のことですな。ええ、存じておりますよ。確か、あそこの女将の母御《ははご》が現在《いま》この寺に眠っておられると思ったが……。お葉さんとか言いましたかな？　日々堂の女将は……。さっ、茶をお飲みなされ。さぞや、外は冷えたであろう。まずは身体を温めなさるとよい」

「申し訳ございません」

三智が辞儀をし、それで、小弥太は現在《いま》どこに？　と訊ねる。

「おう、そのことなのだが……。小弥太がここに顔を出したのは昨夜の、それも五ツ半を廻った頃でしてな。ずいぶんと疲弊《ひへい》しきった様子でしたので、話は一夜明けてからということにして昨夜は休ませ、今朝になって話を聞いたのですが、小弥太が言うには、おっつけここにも桜木の手が廻るであろうから、ゆっくりはしていられないと……。それで、いったい何があったのかと訊ねましたところ、あっ、おまえさま方はどこまで知っておられるので？」

住持に瞠められ、龍之介が現在《いま》判っていることや、推測していることを話し始める。

住持は無言で頷きながら聞いていたが、小弥太が桜木屋敷の婢の手で座敷牢から逃げ出したところまで話すと、袈裟《けさ》の中に入れた手をおもむろに外し、改まったように龍之介を見据えた。

「そなたの推測はほぼ間違ってはいない。拙僧《せっそう》が小弥太から聞いた話もほぼ同じと思って下され……。小弥太は返す返すも無念で堪らないと言っていました。登和どののことだけなら目を瞑ることも出来たし、ときをかければ、いずれは夫婦《めおと》として信頼関係が築《きず》けるのではないかと思っていたが、桜木が蔵奉行山之辺十郎左衛門さまと連《つる》んでの幕府への裏切り行為、つまり、抜荷をしていると知ったからには座視《ざし》しているわけにもいかなくなった、しかも、両家の結びつきを揺るぎなきものにしようと、山之辺蔵人と登和の不義を黙認するどころか、むしろ称《しょう》賛《さん》しているのだから、たとえ形だけにせよ登和の亭主となったからには、黙ってはいられないと……。この話、お二人は信じられましたかな？」

龍之介は即座《そくざ》に頷いた。

「信じましたとも……。むしろ、真実を知り、異を唱《とな》えたか抗ったがために小弥太が幽閉を余儀なくされたと知り、わたしは安堵《あんど》しました……。よくやった、それでこそおぬしだ！　と褒《ほ》めてやりたいくらいです」

「わたくしも同じです！　桜木が小弥太を隠れ蓑《みの》として使うためだけに婿に取ったと聞き、業《ごう》が煮《に》えてなりません……。けれども、それならば一つ疑問に思うことがあります。何ゆえ、桜木では真実を知って抗う小弥太を、ひと思いに抹殺しようとしなかったのでしょうか……。抹殺したうえで病死と届け出れば済むものを、幽閉したばかりに逃げられ、こうして大騒ぎをしなくてはならなくなったのですからね」

三智が訝しそうな顔をする。

住持は首を傾げた。

「小弥太も同じようなことを言っていました。いつ寝首《ねくび》を掻かれても仕方がなかったのに、そうしなかったのはなぜだろうと……。それで、拙僧はこう言ってやりました。桜木にもいくらかは仏心《ほとけごころ》が残っていたのだろう、というか、世間体《せけんてい》を繕うために婿に取ったおまえに、どこかしら申し訳なさが拭《ぬぐ》えなかったのであろうと……」

ああ……、と三智が胸に手を当てる。

「申し訳ないと思うのなら、端から小弥太を婿に取らなければよかったのですよ……。小弥太も小弥太です！　端から解っていたことなのに、登和さまの美しさに惑《まど》わされるなんて……」

「それはそうなのだが、理屈では解っていてもなかなか理屈どおりにいかないのが、人の世というものでしてな……。登和どのはともかくとして、小弥太はすっかり登和どのに骨抜きにされてしまったのでしょうな……。そうそう、こう言っていました。現在《いま》こうして何もかもが解っても、それでもまだ、登和を嫌いになれない己が口惜《くちお》しくてならないと……」

住持がそう言い、辛そうに眉根を寄せる。

「それで、小弥太はこの先どうすると？」

龍之介が身を乗り出す。

「それよ……」

　住持がふうと太息《ふといき》を吐く。

「拙僧はこのままここにいるとよいと勧めたのですがな……。ところが、小弥太はここにいては寺に迷惑をかけることになる、他に寄る辺なく、つい彌勒寺へと脚が向いてしまったが、桜木ではわたしを生かしていると何を喋られるかと不安で堪らず、おっつけ、討《う》っ手をかけてくるだろう、やはり、ここにはひと晩だけ世話になることにして、出来るだけ早く抜け出さなければと言い張りましてな……。すると案の定、小弥太が危惧していたとおり、それから二刻《ふたとき》（約四時間）ほどして、得体の知れない連中が五間堀を彷徨《うろつ》いていると寺男《てらおとこ》が知らせに来ましてな……。それを聞き、小弥太は這々《ほうほう》の体《てい》で裏口から寺を抜け出していきました」

　龍之介と三智が顔を見合わせる。

「それで？」

「やはり、桜木の追っ手で……」

　住持は渋《しぶ》い顔をして頷いた。

「ええ……。なに、寺男に追い払わせましたがね。だが、いずれにしても、桜木がこの寺と小弥太の関係に気づいているのは明々白々《めいめいはくはく》……。小弥太があのままここにいれば、いずれは捕まってしまうでしょう」

「では、小弥太はどこに行ったのでしょう……」

「彌勒寺にもわたしのところにも身を寄せることが出来ないとしたら、他に小弥太が逃げ込むところはないはず……」

龍之介はそう言い、あっ、と目を瞬《しばたた》いた。

「いや、もう一箇所だけ……。川添道場ですよ！　ああ、なぜもっと早く、そのことに気づかなかったのだろう……」

「川添道場……」

「ええ、そうかもしれませんわ！　あそこなら、小弥太のことをよく知って下さっていますし、道場主に頭を下げて頼めば、道場の片隅《かたすみ》にでも置いて下さるかもしれませんものね」

住持と三智が目を輝かせる。

「道場にいれば、桜木の若党が徒党《ととう》を組んで殴《なぐ》り込みをかけようと、鬼に金棒《かなぼう》！　腕に覚えのある兵《つわもの》どもが雁首揃《がんくびそろ》えて待機していますからね。では、さっそく、わたしはこの脚で……」

龍之介がすくりと立ち上がる。

「戸田さま、こんな夜更けに、それはなりませんことよ！　桜木とて、今宵ひと晩は手も脚も出さないでしょうから、朝になって出掛けられたほうが……」

三智が慌てて制し、龍之介は照れたように、へへっと笑った。


ところが、小弥太は川添道場には姿を現さなかったのである。

道場主川添耕作も師範代の田邊朔之助も小弥太の置かれた立場をよく解ってくれ、小弥太が姿を見せたら無理にでも引き留め、道場を挙げて追っ手から護ると誓ってくれたのであるが、いったいどこに身を隠したのか、小弥太の消息は杳《よう》として知れなかった。

そして、龍之介と三智が彌勒寺を訪ねた二日後のことである。

危篤状態の続いていた朝次が、ついに二十七歳でこの世を去ることに……。

立軒はもっと前に息を引き取っても不思議はなかったのによく保《も》ったと言ったが、お富もお葉も納得できずに茫然と坐り込み、泣くことさえ出来なかった。

「女将さん、あたしゃ、どうしても信じられない！　なんで、あれほど丈夫だった朝次が死ななきゃならない……。あぁァ、神も仏もあるもんか！　棺桶《かんおけ》に片脚を突っ込んだこんな婆《ばあ》さんが長生きして、なんで三十路《みそじ》にも満たない朝次が死ななきゃならないんだよォ……。朝次ィ……、朝次ィ……。逝くんなら、あたしも一緒に連れてっておくれよ。一人で逝くなんて狡いじゃないか！」

お富は人目《ひとめ》も憚《はばか》らず、喚《わめ》き続けた。

が、お葉はお富とはまた違い、ある想いに苛《さいな》まれていたのである。

朝次が危険な状態にあることは知っていたが、そんな朝次にあたしは何をしてやっただろうか……。

気を揉《も》むばかりで、お富のように傍についていて励ましたり叱り飛ばすことも出来ず、頑丈《がんじょう》だった朝次の身体が次第に蝕《むしば》まれていくのをただ懼《おそ》れ、座視していただけなのである。

しょうがないじゃないか、あたしは朝次のことだけを考えてはいられないのだから……。

あたしは朝次だけでなく、店衆《たなし》すべてのおっかさんなんだもの、ごめんよ、勘弁《かんべん》しておくれ……。

お葉はそう胸の内で言い訳をしてきたのだが、こうして朝次の亡骸《なきがら》を前にしてみると、なんだか、朝次に酷いことをしてきたように思えてならない。

お葉は言葉を失い、泣くことも出来ずに亡骸の傍にへばりついていた。

正蔵やおはまは、いつもとは違うそんなお葉を見て、首を傾げた。

「女将さん、どうしちまったんだろう……」

「妙だろ？　あたしも案じてたんだよ。いつもの女将さんなら、今頃は店衆を鳴り立て、野辺送りの仕度に余念がないというのに、心ここにあらずでさァ……」

「よく言うだろう？　あんまし哀しみが大きいと、涙さえ涸《か》れちまうって……。女将さんは身体ばかりが大きくて知恵は半人前《めえ》以下の朝次のことを我が子のように思っていなさったから、きっと、魂《たましい》を抜き取られたかのような想いなんだろうて……。まっ、そっとしておいてやろうじゃねえか。通夜《つや》や野辺送りの段取りは俺たちがすればいいことだからよ」

「そうだね……」

お葉は二人の会話を聞きながら、違う、そうじゃないんだ！　と叫びそうになった。

ところが、その気力さえ湧《わ》いてこない。

おまえさん、助けておくれよ！　あちしはいったいどうしたらいいんだえ……。

お葉は胸の内で甚三郎に語りかけた。

しっかりしなよ、お葉！　おめえらしくねえじゃねえか……。

おめえはよくやった！　お富のような心配《しんぺえ》の仕方は出来なかったかもしれねえが、皆が皆、お富と同じことをするこたァねえんだ。

おめえは朝次にかまけて風呂焚《ふろた》きに身の入《へえ》らねえお富をそっと優《やさ》しく包み込んでやったじゃねえか……、直接じゃねえにしても、そういったことが朝次のためになったんだからよ！

どこからか、甚三郎がそう囁きかけたような気がした。

お葉は声のしたほうに目をやり、有難うよ、甚《じん》さん！　と呟いた。

そうなんだ……。くしくしなんてしていられない。店衆全員に充分なことをしてやれないかもしれないが、あたしに出来ることはしてやりたい……。

ああ、よいてや！　あちしは負けない……。

そうして、お葉はあの世からの声に励まされたかのように、再び、気力を取り戻したのだった。

ところが、本誓寺で朝次の野辺送りを済ませ、日々堂に戻ろうとしたところに、佐之助が息せき切って本堂に駆けて来たではないか……。

「戸田さま、戸田さまはいらっしゃいませんか？　六助に聞いたんだが、戸田さまも朝次の野辺送りに列席されたとか……。ああ、良かった、いた、いた……。戸田さま、大変《てえへん》でやすぜ！　たった今、彌勒寺の小坊主が知らせに来たんだが、桜木小弥太が下城途中の山之辺蔵人に狼藉《ろうぜき》を働き、その場で、供侍《ともざむらい》に斬《き》り捨てられたとか……」

佐之助は全速力で走ってきたようで、腰を折り、ぜいぜいと喘《あえ》ぎながらそう言った。

「なんだって！」

龍之介がさっと色を失い、お葉を流し見る。お葉はすべてを悟《さと》り、目で頷いた。

「戸田さま、早く行っておやり！　さあ、早く！」

龍之介が佐之助に目を戻し、それで、小弥太は現在《いま》どこに……、と訊ねる。

「なんでも、桜木は我が家の婿養子は病にてすでに死亡、そのような見ず知らずの男を引き取るいわれはないと突っぱねたそうで、それで亡骸が彌勒寺に……」

佐之助はそう言い、こんな酷《ひで》ェ仕打ちがあろうかよ！　と続けた。

さもありなん……。

おそらく、桜木家は恐慌《きようこう》を来《きた》し、何がなんだか解らなくなっているのであろう。

龍之介は頷いた。

「解った……。それで、三智どのは？　もちろん、吉村や三崎の兄上にも知らせているのであろうな？」

佐之助は首を傾げた。

「彌勒寺のことでやすから、抜かりはねえかと……」

「あい解った！」

龍之介がお葉に目まじする。

お葉も、ああ、行っといで！　と目で答えた。

高橋を渡ると、七ツ（午後四時頃）の鐘が鳴り響いてきた。

きんと研《と》ぎ澄《す》ましたような寒さの中、厳《おごそ》かに麗々《れいれい》と響く鐘の音……。

龍之介の胸に、たとえようのない侘《わ》びしさを運んで来た。

今の龍之介には、小弥太の気持が痛いほどに解る。

小弥太は山之辺蔵人に狼藉を働き、逆に斬り捨てられることで、武士の意地を徹したのであろう。

いかに腕に覚えのある小弥太といっても、供連れで下城中の蔵人を脇差一本で切り倒せるはずがない。

小弥太にもそれが解っていて、それでもなお、敢えて昼日中《ひるひなか》に往来《おうらい》で狼藉を働いたのは、蔵人の手にかかりたかったから……。

なぜならば、その際、小弥太は果たし状を突きつけることを忘れなかったであろうし、そうすることで、蔵人と登和の関係を明るみに出し、ひいては、山之辺と桜木の幕府に対する裏切り行為を公《おおやけ》にすることが出来るから……。

そうすることが桜木家に一矢《いっし》報《むく》いることになり、せめてもの小弥太の意趣《いしゅ》返し……。

おそらく、小弥太にはその選択肢《せんたくし》しか残されていなかったのではなかろうか……。

それほど、小弥太は何もかもに絶望していたのであろう。

小弥太、おまえって奴は……。

最後の最後まで意地を徹しやがって！

たった一人で切腹《せっぷく》という手もあったであろうに、それでは山之辺と桜木の不正を糺《ただ》せないとばかりに、敢えて、虫けらのように斬り捨てられることのほうを選んだのだからよ。

いかにも小弥太らしいといえばそうなのだが、友よ、俺は哀しい……。

ああ、解ってるさ！

おぬしのことだ、俺とおまえは友ではないとでも言いたいのであろう？

「しょせん、戸田は鷹匠支配戸田家の風来坊《ふうらいぼう》、俺とは置かれた立場が違う……」

ああ……、おぬしの声が聞こえるようだぜ。

だがよ、小弥太、おぬしがなんと抗おうと、俺とおぬしは莫逆《ばくぎゃく》の友……。

なぜ、身の処し方を決断する前に、ひと言相談してくれなかったのか……。

ああ、解っているさ。相談されたところで、俺には何ひとつ気の利《き》いた答えが返せなかっただろうさ。

だがよ、武士の意地ってなんだ？

武士である前に、俺たちは人間なのだ。

ならば、別の生き方もあったはず……。

が、そう思った刹那《せつな》、龍之介の脳裡に登和の顔がつっと過ぎった。

登和……。
ああ……、この期《ご》に及んでもなお、小弥太は登和のことが忘れられないのだ……。
だからこそ、小弥太にはこんな身の処し方しか出来なかった……。
小弥太、おぬしはどこまで莫迦な男かよ！
龍之介はワッと叫び出したいのを懸命に堪えた。
彌勒寺はもう目と鼻の先である。
前方から旋風《つむじかぜ》が土埃《つちぼこり》を巻いて襲ってくる。
龍之介はぶるるっと身顫《みぶる》いし、脚を速めた。

切り取り線

一〇〇字書評

友よ

購買動機（新聞、雑誌名を記入するか、あるいは○をつけてください）	
□（　　　　　　　　　　）の広告を見て	
□（　　　　　　　　　　）の書評を見て	
□ 知人のすすめで	□ タイトルに惹かれて
□ カバーが良かったから	□ 内容が面白そうだから
□ 好きな作家だから	□ 好きな分野の本だから

・最近、最も感銘を受けた作品名をお書き下さい

・あなたのお好きな作家名をお書き下さい

・その他、ご要望がありましたらお書き下さい

住所	〒				
氏名		職業		年齢	
Eメール	※携帯には配信できません	新刊情報等のメール配信を 希望する・しない			

この本の感想を、編集部までお寄せいただけたらありがたく存じます。今後の企画の参考にさせていただきます。Eメールでも結構です。

いただいた「一〇〇字書評」は、新聞・雑誌等に紹介させていただくことがあります。その場合はお礼として特製図書カードを差し上げます。

前ページの原稿用紙に書評をお書きの上、切り取り、左記までお送り下さい。宛先の住所は不要です。

なお、ご記入いただいたお名前、ご住所等は、書評紹介の事前了解、謝礼のお届けのためだけに利用し、そのほかの目的のために利用することはありません。

〒一〇一‐八七〇一
祥伝社文庫編集長　坂口芳和
電話　〇三（三二六五）二〇八〇

祥伝社ホームページの「ブックレビュー」からも、書き込めます。

http://www.shodensha.co.jp/bookreview/

祥伝社文庫

友《とも》よ 便《たよ》り屋《や》お葉日月抄《ようじつげっしょう》

平成29年3月20日　初版第1刷発行

著　者　今井絵美子《いまいえみこ》

発行者　辻　浩明

発行所　祥伝社《しょうでんしゃ》

東京都千代田区神田神保町3-3
〒101-8701
電話　03（3265）2081（販売部）
電話　03（3265）2080（編集部）
電話　03（3265）3622（業務部）
http://www.shodensha.co.jp/

印刷所　萩原印刷
製本所　積信堂
カバーフォーマットデザイン　中原達治

Printed in Japan ©2017, Emiko Imai　ISBN978-4-396-34297-5 C0193

祥伝社文庫の好評既刊

今井絵美子
木《こ》の実《み》雨
便り屋お葉日月抄⑦
祝言を挙げて以来、道場に来ない三崎。そんな中、日々堂の宰領《さいりょう》の娘に大店の若旦那との縁談が……。

今井絵美子
眠れる花
便り屋お葉日月抄⑧
店衆の政女《まさじょ》を立ち直らせたい――情にあつい女主人の心意気に、美味しい料理が花を添える。感涙の時代小説。

今井絵美子
忘憂草《わすれ》
便り屋お葉日月抄⑨
「家を飛び出したきりの息子を捜して欲しい」――源吾《げんご》を励ますお葉。江戸に涙と粋の花を咲かす哀愁情話。

宇江佐真理
十日えびす
花嵐浮世困話
夫が急逝し、家を追い出された後添《のちぞ》えの八重《やえ》。実の親子のように仲のいいおみちと日本橋に引っ越したが……。

宇江佐真理
ほら吹き茂平《もへい》
なくて七癖あって四十八癖
うそも方便、厄介ごとはほらで笑ってやりすごす。江戸の市井を鮮やかに描く、極上の人情ばなし！

宇江佐真理
高砂《たかさご》
なくて七癖あって四十八癖
倖せの感じ方は十人十色。夫婦の有り様も様々……。懸命に生きる男と女の縁《えにし》を描く、心に沁《し》み入る珠玉の人情時代小説。

〈祥伝社文庫　今月の新刊〉

深町秋生

ＰＯ《プロテクションオフィサー》　警視庁組対三課・片桐美波

鉄壁の身辺警戒員×捜査一課のタッグが闇社会と闘う、警察小説新シリーズ！

数多久遠《あまたくおん》

黎明《れいめい》**の笛**　陸自特殊部隊「竹島」奪還

「ハラハラドキドキだ。面白く、防衛に対する知見が深まる」桂文珍氏絶賛！

南　英男

悪党《アウトロー》　警視庁組対部分室

捜査一課に手柄を渡すな！　マル暴内に秘密裏に作られた殺人捜査の相棒チーム登場。

北原尚彦

ホームズ連盟の事件簿

「ホームズへの最上質のオマージュ」有栖川有栖氏。ワトスンたちが大活躍！　名推理！

今井絵美子

友よ　便り屋お葉日月抄

新しい命の火が灯ったとき、衝撃の失踪事件が龍之介と日々堂を飲み込んだ！

今村翔吾

火喰鳥《ひくいどり》　羽州ぼろ鳶《とび》組

江戸随一と呼ばれた侍火消の再生の物語。ぼろ鳶と蔑まれる火消集団の一発逆転劇。

佐伯泰英

完本 **密命**　巻之二十一　相剋《そうこく》　陸奥《みちのく》　巴波《ともえなみ》

しのは嫁いでゆく娘たちと束の間の時を過ごす。別離の予感を胸に秘めながら……。